CELOS DESATADOS

Chantelle Shaw

Editado por Harlequin Ibérica.
Una división de HarperCollins Ibérica, S.A.
Núñez de Balboa, 56
28001 Madrid

Celos desatados, n.º 2732 - 16.10.19
Título original: Reunited by a Shock Pregnancy
Publicada originalmente por Harlequin Enterprises, Ltd.

I.S.B.N.: 978-84-1328-489-7
Depósito legal: M-27192-2019
Impreso en España por: BLACK PRINT
Fecha impresion para Argentina: 13.4.20
Distribuidor exclusivo para España: LOGISTA
Distribuidor para México: Distibuidora Intermex, S.A. de C.V.
Distribuidores para Argentina: Interior, DGP, S.A. Alvarado 2118.
Cap. Fed./Buenos Aires y Gran Buenos Aires, VACCARO HNOS.

Este libro ha sido impreso con papel procedente de fuentes certificadas según el estándar FSC, para asegurar una gestión responsable de los bosques.

Capítulo 1

QUÉ ESTABA haciendo en la boda de su ex-marido!

Sienna Fisher recorrió con la mirada la abarrotada iglesia, preguntándose cómo irse sin que nadie se diera cuenta, pero iba a resultarle imposible.

Estaba atrapada en medio de un banco lleno de invitados, y a su lado estaba la niña que había encontrado llorando en el cementerio. Movida por su instinto maternal, la había tomado de la mano y la había conducido al interior, donde habían encontrado a su aliviada madre, que en aquel momento estaba sentada al otro lado de su hija.

El organista empezó a tocar *La llegada de la reina de Sabah,* de Handel, y un murmullo se elevó entre los congregados. Todas las cabezas se volvieron hacia la entrada para ver a la novia. La única excepción fue Sienna, que permaneció con la vista al frente, clavada en los hombros de Domenico De Conti, el hombre con el que se había casado diez años atrás en aquella misma iglesia.

Junto a Nico estaba su hermano pequeño, Daniele. Los dos eran altos, pero Nico le sacaba a Danny unos cuantos centímetros. A pesar de que se llevaban cinco años, siempre habían mantenido una relación cercana, y a Sienna no le había extrañado que Nico le pidiera que fuera su padrino, como lo había sido en su boda.

Nico se volvió y a Sienna se le paró el corazón al ver que en lugar de mirar a la novia, fijaba la mirada en ella, como si un sexto sentido le hubiera alertado de su presencia. Aun a distancia, pudo percibir su sorpresa. Evidentemente, la pamela de ala ancha que se había puesto no había cumplido la función de ocultar su rostro para que Nico no la viera. Su intención había sido solo acudir al exterior de la iglesia para ver por un instante al hombre del que había estado locamente enamorada hasta que la había traicionado y le había roto el corazón.

Al ver llegar a Nico y a Danny, se había escondido detrás de unas lápidas. Nico debía de seguir sintiendo pasión por los coches rápidos y había llegado conduciendo él mismo un deportivo plateado. Sienna había visto a los hermanos charlar con el vicario y cuando estaba a punto de marcharse, había oído el llanto de un niño.

Su presencia entre los invitados era meramente accidental. El pánico le aceleró el corazón. Aunque estaba demasiado lejos para ver el color de los ojos de Nico, que se clavaban en ella como dos rayos láser, sabía bien que eran de un nítido azul. Sus ojos y su magnífica estructura ósea eran lo único que había heredado de su madre inglesa. El resto, el cabello prácticamente negro, el mentón oscurecido por el vello de la barba y la piel cetrina, delataban su herencia italiana.

Diez años atrás, Nico ya era un joven atractivo.

Pasada la treintena, sus facciones se habían marcado hasta convertir su rostro en una talla perfecta. Era pecaminosamente guapo, y el traje gris perla no llegaba a disimular la fuerza y solidez de su cuerpo.

Sienna apartó la mirada, turbada por el impacto que le había causado verlo después de tanto tiempo. Llevaban ocho años divorciados y había ido a la iglesia para demostrarse que ya no le importaba. Con el corazón en la garganta, esperó a que Nico la denunciara, que parara la ceremonia y le exigiera que se marchara. Sienna notó que le ardían las mejillas ante la perspectiva de verse humillada delante de la población del pueblo de Yorkshire en el que había crecido, aunque lo cierto era que no había reconocido a casi nadie en la iglesia de Much Matcham. Suponía que la mayoría de los invitados a la boda de alta sociedad procedían de Londres o Verona, donde el negocio de hostelería de Nico, De Conti Leisure, tenía su base.

Su mirada volvió por voluntad propia al atractivo rostro de Nico y una corriente de calor la recorrió con la intensidad que solo él le hacía sentir. Aún más perturbador fue el instinto posesivo que la invadió. Una voz interior le gritó que Nico era suyo. Pero en cuestión de minutos se comprometería con otra mujer. Unas lágrimas calientes e inesperadas le ardieron en los ojos cuando Nico finalmente volvió la mirada al frente.

Las manos de Sienna temblaron mientras fingía estudiar el programa del servicio que le había dado un asistente.

–Vamos un poco retrasados –le había dicho, interrumpiéndola cuando intentó explicar que no estaba invitada–. ¿Es amiga del novio o de la novia?

–Del novio, supongo, pero…

–Siéntese aquí, por favor.

El ayudante prácticamente la había empujado al banco en el que en aquel momento estaba atrapada y a punto de presenciar la boda entre su exmarido y la belleza envuelta en un precioso vestido que estaba llegando al altar… Y que acababa de situarse junto a Danny.

–Nos hemos reunido en presencia de Dios Padre, Hijo y Espíritu Santo, para celebrar el matrimonio entre Daniele y Victoria –empezó el párroco.

¡Se trataba de la boda de Danny!

Sienna sintió un torbellino de emociones. Pensó en la visita que había hecho el fin de semana anterior a su abuela de noventa años, Rose Fisher, en la residencia en la que vivía desde hacía un año y medio.

–El periódico local de Much Matcham dice que tu exmarido se va a casar –había comentado su abuela.

Sienna había sentido que se le desplomaba el corazón, pero había dicho con calma:

–Puede hacer lo que quiera.

Pero su abuela había intuido que no le resultaba tan indiferente como fingía.

–Supongo que necesita una esposa que lo ayude a llevar Sethbury Hall y… que le dé un heredero –comentó.

Sienna había sentido un dolor instantáneo. Intentaba no pensar en su incapacidad para ser madre, y menos aún en el bebé que había perdido años atrás.

–¿Con quién se casa?

Intentó no parecer interesada, al tiempo que tomaba el periódico de manos de su abuela y leía el anuncio de la boda entre la señorita Victoria Harrington y el señor Domenico De Conti, que se celebraría el 10 de junio en la iglesia de San Augustine, en Much Matcham. No incluía una fotografía de los contrayentes, y al ver en aquel momento a Danny girarse hacia la novia y sonreírle, dedujo que el periódico se había equivocado de De Conti.

El resto de la ceremonia pasó en una nebulosa hasta que el párroco declaró a Daniele y a Victoria marido y mujer. Cuando la pareja recorrió la nave y los invitados fueron saliendo, Sienna se encaminó hacia la sacristía con la intención de escabullirse sin ser advertida.

–¿Sienna? ¿Qué estás haciendo aquí?

Una voz dolorosamente familiar hizo que se quedara paralizada al tiempo que un calor ardiente le recorría las venas. La voz de Nico siempre había tenido la capacidad de hacer que le temblaran las piernas. Cuadrándose de hombros, se volvió hacia él.

–Hola, Nico –Sienna se reprendió al salirle la voz como un ronco susurro y ver que Nico sonreía con sorna.

Él la recorrió con una mirada posesiva que era completamente inapropiada dada su historia pasada. Sintió un súbito y casi doloroso hormigueo en los pezones y no tuvo que bajar la mirada para saber que eran visibles a través del vestido de seda amarillo. Para poder confundirse entre los invitados, se había puesto un vestido veraniego de flores con una pamela blanca decorada con flores amarillas, tacones altos y un bolso a juego. La mirada depredadora de Nico hizo que fuera angustiosamente consciente de cómo se le pegaba la seda a los senos y a las caderas.

De cerca, Nico resultaba aún más devastadoramente guapo. La luz que se filtraba por una de las cristaleras enfatizaba su oscuro cabello y sus angulosas facciones. Olía divinamente. Sienna aspiró las notas especiadas de su loción de afeitado mezcladas con un aroma evocativo que era exclusivo de Nico. Su mente visualizó una imagen de él tumbado sobre las sábanas revueltas después de hacer el amor, el torso perlado de sudor, su sexo endureciéndose de nuevo al tiempo que la atraía hacia sí para colocarla sobre él.

Al inicio de su matrimonio su pasión era explosiva. Pero eso terminó cuando ella perdió el bebé y el sexo pasó a estar dictado por gráficos de fertilidad y su anhelo por volver a quedarse embarazada se había convertido en una obsesión que había abierto un abismo entre Nico y ella.

Había sido una idiota al presentarse en la boda. Volver a verlo solo había servido para demostrarle que, aunque su mente supiera que no era más que una fantasía romántica producto de su imaginación, su corazón seguía sintiendo nostalgia por la relación que habían tenido.

–Sienna –el tono impaciente de Nico la devolvió al presente–. No he visto tu nombre en la lista de invitados. Estoy seguro de que Danny me habría avisado de que te invitaba a su boda.

–Yo… –Sienna sintió que le ardían las mejillas–. He leído en la prensa que Danny se casaba y he querido venir a darle la enhorabuena.

Nico entornó los ojos.

–¡Qué raro que supieras que se casaba mi hermano! En el periódico se equivocaron de nombre.

–Me lo dijo mi abuela –Sienna cruzó los dedos a la espalda–. Rose y tu abuela Iris hablan a menudo. Fue ella quien le dijo lo de Danny.

Alzó la barbilla y se obligó a mantener la mirada especulativa de Nico, confiando en parecer tranquila a pesar de que sentía un nudo en el estómago y una presión de la pelvis que le obligó a apretar los muslos.

–¿Así que no has venido por si me veías? –dijo él, recalcando las palabras.

–Claro que no. ¿Por qué iba a querer verte? –dijo ella a la defensiva–. Nuestro desastroso matrimonio acabó hace mucho tiempo.

–Yo no lo llamaría desastroso –musitó él, desconcertándola–. Hubo buenos momentos –Nico bajó la voz y un escalofrío recorrió a Sienna–: Algunos, excepcionales.

–¿Te refieres a la cama? – en lugar de conseguir sonar sarcástica como había pretendido, la voz le salió como un susurro. ¿Cuándo se había acercado Nico tanto como para prácticamente tocarla?–. Para ser duradero, un matrimonio necesita algo más sólido que buen sexo.

Los labios de Nico esbozaron una sonrisa, pero la mirada que le dirigió no contenía ni un pice de humor.

–El sexo era increíble, ¿verdad, *cara*?

–¡Calla! –exclamó ella, intentando ignorar cómo le saltó el corazón al oírle usar el cariñoso apelativo.

Se tensó cuando Nico le acarició la mejilla con los dedos, pero fue incapaz de reaccionar y retroceder.

Estaba clavada al suelo y su mirada atrapada por los pozos azul cobalto de sus ojos. De pronto se sintió como si estuvieran a solas, en la iglesia donde habían jurado amarse y respetarse para el resto de sus vidas.

Nico inclinó la cabeza hasta que sus labios quedaron a unos centímetros de los de ella.

–Eres aún más hermosa de lo que recordaba, Sienna. No sé cómo te dejé ir.

El hechizo se rompió bruscamente y Sienna retrocedió con tanta brusquedad que chocó contra el extremo de un banco.

–Te estabas acostando con tu secretaria –la humillación y el dolor, las dos serpientes que la habían torturado durante años, se revolvieron en su interior–. No me dejaste ir, yo elegí marcharme –concluyó en tono crispado.

–¡Nico, por fin te encuentro!

Mirando más allá de Nico, Sienna habría querido que se la tragara la tierra al ver a su abuela, Iris Mandeville, aproximarse en su silla de ruedas por la nave central.

–¡Sienna, qué alegría verte! –saludó la anciana afectuosamente–. ¿Cómo está Rose? No hablo con ella desde hace meses.

Sienna se ruborizó al percibir que Nico le dirigía una mirada acusadora por haberle mentido.

–Desde que está en York y yo en este cacharro –Iris golpeó el brazo de la silla de ruedas–. La artritis reumatoide me ha dejado muy limitada –añadió como respuesta a la pregunta muda de Sienna, antes de volverse hacia su nieto y continuar–: Domenico, te esperan para la fotografía de familia. Yo tengo que salir por la rampa. Sienna, querida, ¿te importa ayudarme a llegar al coche? Jaqueline iba a ayudarme, pero no quiere perderse las fotos.

Sienna había visto a la madre de Nico y Danny durante la ceremonia. A Jaqueline le encantaba ser el centro de atención y lo había logrado con una boa de plumas de avestruz. En su boda, su suegra había llevado un espectacular vestido color marfil que había hecho a Sienna avergonzarse de su sencillo vestido de novia, que apenas lograba disimular su embarazo.

–¡Claro! –exclamó aliviada, sonriendo a Iris–. Te acompañaré encantada.

Oyó pasos a su espalda.

–Nico, dónde te has metido –dijo una voz irritada–. Victoria está poniéndose nerviosa y una dama de honor dice que se encuentra mal –Daniele se detuvo en seco–. ¡Sienna! ¡Qué guapa estás!

–Hola, Danny –respondió Sienna, desconcertada con la apreciativa mirada que le dedicó el hermano de Nico.

Pero recordó que Danny era un coqueto irredento. Era un año mayor que ella y de adolescentes habían salido un par de veces. Pero no había habido nada serio entre ellos, y en cuanto conoció a Nico, solo existió él para ella.

Dirigió involuntariamente la mirada hacia Nico y el corazón le golpeó el pecho a ver que la observaba con expresión posesiva y hambrienta. Apenas oyó a Danny cuando continuó:

–Tengo que admitir que no esperaba verte aquí, Sienna.

–Solo he venido a la iglesia... –balbuceó ella. Y se tensó cuando Nico la tomó por la cintura.

–La he invitado yo –dijo él–. No dije quién me acompañaría porque no estaba seguro de que pudiera venir.

¿A qué demonios estaba jugando? Sienna percibió la mirada de curiosidad de Iris y de Danny, pero solo tenía ojos para Nico y para sus labios, que se acercaban a los de ella... ¡Iba a besarla!

–Eso no es... –consiguió articular antes de que los labios de Nico atraparan los suyos en un beso firme y posesivo.

La cabeza le ordenó a Sienna que se separara de él, pero su cuerpo reaccionó instintivamente. Los años se borraron y volvió a ser la joven de dieciocho años, desconcertada por la salvaje pasión que Nico despertaba en ella mientras la besaba en un páramo asolado por el viento. Su cuerpo reconoció su abrazo y un deseo abrasador le recorrió las venas. Entonces, tan súbitamente como había comenzado, Nico dio el beso por terminado. Alzó la cabeza y Sienna vio un brillo acerado en sus ojos que la enfureció al ver en ellos la satisfacción por la facilidad con la que le había hecho capitular.

Nico retiró los brazos y Sienna se dijo que debía abofetearlo, o al menos preguntarle por qué había mentido a su hermano y a su abuela. Pero cuando fue a hacerlo, él dio media vuelta hacia la puerta de salida.

–A posar para las fotos –recordó Nico a un perplejo Danny–. Sienna ¿te importa llevar a la abuela al coche? Nos veremos en la recepción.

Su arrogancia sacó a Sienna de sus casillas, pero por respeto a Iris, se tragó la ira.

–Domenico es tan mandón como su abuelo –dijo esta mientras Sienna la empujaba por la rampa de salida de la iglesia. Afortunadamente, el chófer la ayudó a subir al coche y la abuela no oyó a Sienna maldecir a su nieto entre dientes.

–No voy a la recepción –dijo a Iris–. No es verdad que Nico me haya invitado. Tengo que volver a Londres para preparar una reunión muy importante de trabajo.

Iris asintió con la cabeza.

–Rose me contó que tu empresa de cosmética orgánica es muy exitosa y que has ganado varios premios. Está muy orgullosa de ti.

Sienna sintió una punzada de culpabilidad por no visitar a su abuela más a menudo, pero el trabajo le dejaba poco tiempo para viajar a Yorkshire. Frunció el ceño al darse cuenta de que no se acordaba de cuándo había quedado a tomar algo con sus amigos por última vez. Y en cuanto a hombres…, no había tenido una cita desde hacía más de un año.

Solo tenía veintinueve años y de pronto sintió que estaba dejando pasar la vida. Le encantaba su trabajo, pero era consciente de que le faltaba algo. Amor, compañía, sexo. Del sexo apenas se acordaba, pero el beso de Nico había abierto una compuerta que llevaba tiempo cerrada.

Sienna salió sobresaltada de su ensimismamiento al darse cuenta de que Iris respiraba con dificultad y se llevaba la mano al pecho.

–¿No te encuentras bien? –preguntó Sienna preocupada.

–Es una angina de pecho –balbuceó Iris–. Creía que había metido la medicina en el bolso. Es un spray, pero no lo veo –cerró el bolso en el que estaba rebuscando–. Debe de estar en mi habitación.

–¿Quieres que llame a una ambulancia?

–No. Solo necesito la medicina. ¿Te importa venir conmigo a casa?

–Voy a buscar a Nico.

–¡No! –dijo Iris–. No quiero arruinar la boda.

No había tiempo que perder, así que Sienna rodeó el coche y se subió apresuradamente. El viaje por el pueblo solo llevó unos minutos. Cuando el chófer entró en el camino de acceso a Sethbury Hall, Sienna contuvo el aliento al ver la imponente casa en la que había vivido con Nico y en la que ella siempre se había sentido como una impostora: la hija del hostelero del pueblo que se casaba por encima de su nivel social.

La Cenicienta había encontrado a su príncipe, pero el cuento de hadas había acabado en un amargo divorcio.

El coche se detuvo bruscamente e Iris dijo con un hilo de voz:

–Corre a mi dormitorio, Sienna. El spray estará en la mesilla. ¡Date prisa, por favor!

Capítulo 2

NICO vio a su abuela en la galería, pero Sienna no la acompañaba. Salió a la terraza, pero tampoco allí encontró rastro de ella.

Inexplicablemente, le desilusionó que su exesposa no hubiera acompañado a Iris y le sorprendió que le hubiera desobedecido. Mientras estuvieron casados, Sienna siempre había querido agradarlo, sobre todo en la cama. En ocasiones, su actitud devota le había resultado irritante, pero entonces no era más que una esposa adolescente, encantadoramente tímida y dócil.

Frunció al recordar cómo Sienna le había dicho, al abandonarlo, que no la había valorado. Con el tiempo, había pensado que quizá tenía razón. Pero también él era entonces joven y cargaba con demasiadas responsabilidades. Sienna, embarazada y aterrorizada por su violento padre, era una de ellas.

Nico maldijo entre dientes, resistiéndose a dejarse llevar por la nostalgia. Al ver a Sienna en la iglesia creyó que estaba soñando. De pie, ante el altar, había rememorado su propia boda, diez años antes. Recordaba el pánico que había sentido, la sensación de estar atrapado. Había mirado por encima del hombro hacia la puerta en busca de una escapatoria, pero en ese momento Sienna entró en la iglesia. Estaba preciosa vestida de novia; sujetaba el ramo sobre su estómago apenas abultado y parecía tan nerviosa como él.

Fue entonces cuando supo que no podía abandonarlos a ella y a su hijo, y había ansiado que terminara el día para acostarse con ella. La pasión entre ellos era tan ardiente que cuando se perdió en su interior aquella noche pensó que no le importaba haberse casado con ella aunque fuera por deber. Sienna era exclusivamente suya y albergaba a su hijo. O al menos eso había creído entonces.

Nico se obligó a volver al presente y rechazó el jerez que le ofrecía un camarero. Subió las escaleras hacia las suites privadas para descansar un rato de sus funciones de padrino, entró en su salón y se sirvió una copa de coñac. Su garganta agradeció el calor y la suavidad del líquido ámbar. Miró al otro lado de la habitación y le sorprendió ver la puerta de su dormitorio abierta. Estaba seguro de haberla dejado cerrada por la mañana y el corazón le dio un salto al ver un sombrero con flores blancas sobre la cama.

–No dejas de sorprenderme, *cara* –musitó, entrando en el dormitorio justo en el momento que Sienna salía del cuarto de baño–. Primero te encuentro en la iglesia y ahora en mi dormitorio. Que conste que no me quejo –aseguró. Muy al contrario, un deseo ardiente como lava le recorrió las venas al ver a Sienna pasarse los dedos por el cabello en un gesto que siempre había encontrado irresistible.

Su cabello era del color cobrizo oscuro de un gran vino. De joven lo llevaba hasta la cintura, pero se lo había cortado a la altura de los hombros y enmarcaba a la perfección su rostro de piel de porcelana y sus grandes ojos grises.

–¿Tu dormitorio? –preguntó Sienna desconcertada–. ¿No era el de tus abuelos?

–Lo fue hasta la muerte de mi abuelo. Pero cuando mi abuela empezó a tener problemas de movilidad se trasladó a un anexo en la planta baja.

–Por eso no encuentro la medicina. Se le ha olvidado decírmelo cuando me ha pedido la medicina que estaba en su mesilla. He buscado por todas partes.

–¿Por qué te ha mandado por la medicina?

–Está sufriendo una angina –Sienna lo miró alarmada–. No te quedes ahí. Tu abuela está mal y necesita medicación. ¿Dónde está el anexo? –Sienna fue a pasar de largo pero Nico la sujetó por el brazo.

–Me refiero a por qué te ha mandado a ti y no a alguien del servicio –Nico entornó los ojos–. La he viso hace unos minutos y está perfectamente. Que yo sepa, toma una pastilla diaria y no ha sufrido un ataque en meses. De hecho, siempre lleva consigo un spray por mera precaución.

–Puede que hoy se le haya olvidado –Sienna alzó las manos–. ¿No me crees? ¿Por qué iba a inventarme algo así?

–¿Para tener la excusa de venir a mi dormitorio? –Nico miró hacia la cama y a su libido le dio totalmente igual el motivo por el que su increíblemente sexy exesposa estuviera allí.

Sienna se soltó de su brazo y al ponerse en jarras el vestido se le ajustó al pecho. A pesar de estar delgada siempre había tenido unos senos voluptuosos que Nico había encontrado irresistibles.

–Exactamente –el tono sarcástico de Sienna hizo que Nico alzara la mirada a sus ojos y viera en ellos un brillo desafiante que lo fascinó. La joven tímida con la que se había casado, jamás le habría llevado la contraria y menos aún con aquella osadía–. Estaba tan ansiosa por estar contigo a solas que me he inventado lo de tu abuela –lo miró con desdén–. Debes de tener un ego desmesurado si crees que el beso de la iglesia me ha sacudido de tal forma que he venido a por más.

Nico sonrió para sí al darse cuenta de que su ego no era lo único desmesurado y que tenía una incómoda erección bajo los pantalones. En cuanto al beso... Sabía que había cometido un error. Pero al ver la mirada lasciva que Danny había dirigido a Sienna había sentido el poderoso impulso de reclamarla como suya. Especialmente ante Danny.

Pero esa no era la única razón por la que la había besado. Había sentido algo primario e incontrolable que había hecho imposible reprimir la necesidad de besarla. Igual que la primera vez que la había visto. La había besado a la hora de conocerla y se había acostado con ella tres días más tarde. Conocía cada una de sus maravillosas curvas y contra-curvas; el pequeño lunar en el muslo interno, que siempre besaba antes de abrirle las piernas para poder pasar su lengua por el centro de su feminidad hasta que Sienna se retorcía y le suplicaba que la poseyera. Y no porque él necesitara que lo persuadiera. El sexo con Sienna había sido más salvaje y explosivo que con ninguna otra mujer, algo que había podido comprobar en numerosas ocasiones desde su divorcio.

Había intentado convencerse de que no era tan espectacular como lo recordaba. Pero en cuanto la besó en la iglesia supo que la química que había entre ellos era incombustible. El suave gemido que había escapado de la garganta de Sienna al abrir los labios le había hecho olvidar por unos instantes que su hermano y su abuela estaban delante.

Pero en aquel momento estaban solos, y al ver a Sienna humedecerse los labios, lo atravesó un acuciante deseo.

–Claro que quieres que vuelva a besarte, *cara* –alzó una mano y le acarició un pezón. Una llamarada prendió en su interior al oír a Sienna exhalar y ver que sus ojos se abrían como dos pozos de plata.

–Esto es una locura –musitó ella–. Ni siquiera sabía que este fuera tu dormitorio –alzó la barbilla y dijo en tono firme–: Me da lo mismo lo que pienses, Nico. No soy la atolondrada adolescente a la que embelesabas. He cambiado.

–Pero esto no ha cambiado –dijo él con voz ronca, enredando los dedos en el cabello de Sienna para tirar de ella y ladearle la cabeza. Su pecho se movió agitado y sus labios se entreabrieron, preparándose para los de él, pero cuando Nico inclinó la cabeza hacia ella, Sienna le puso una mano en el pecho para detenerlo.

–¿Y tu abuela? –dijo con un suspiro trémulo, como si le costara tanto controlarse como a él–. Necesita la medicina.

–Ya te he dicho que está perfectamente. Se ha tomado un par de jereces y está intentando escandalizar al nuevo párroco –Nico exhaló con resignación–. Desafortunadamente, esto tendrá que esperar. Tenemos que asistir a la cena y yo debo cumplir con mi papel de padrino.

Dejó caer las manos, pero no consiguió separarse de Sienna. Sus sentidos estaban alterados por su perfume y por el dulce e intenso aroma del deseo, el suyo y el de ella, que impregnaba el aire.

Sienna sacudió la cabeza y tomó la pamela de la cama.

–No hay nada que esperar, Nico. Si no hubiera ido a la iglesia no nos habríamos vuelto a ver –sonrió con frialdad, pero en su mirada había un rastro de tristeza–. Llevamos ocho años separados. Somos un par de desconocidos y no pienso asistir a la celebración de tu hermano como si fuéramos amigos.

Sienna salió por la puerta, dejando a Nico perplejo al darse cuenta de que lo dejaba una vez más.

Al instante, Nico recordó cómo la había seguido con la mirada cuando cruzó la verja de Sethbury Hall, ocho años antes. Llevaba una pequeña maleta con los pocos vestidos que había poseído antes de casarse con él. Nico había encontrado la ropa de diseño que él le había comprado en el armario; y también había dejado todas las joyas que le había regalado, incluida la alianza de boda.

Mientras la observaba marcharse, erguida y con la cabeza alta, se había dicho que se alegraba de que se fuera. Su acusación de que le había sido infiel había sido aún más indigna porque él sabía la verdad sobre ella. Era Sienna quien lo había engañado, quien había ocultado secretos. Él había confiado en ella, pero después de lo que su hermano le había contado, ya no creía nada de lo que Sienna dijera.

Apretó los dientes. No le había contado nunca que sabía que se había acostado con su hermano antes que con él. Danny lo había admitido cuando Nico le había contado, dos años después de la casarse, que su matrimonio estaba en crisis. Cuando Sienna había sufrido un aborto, le habían aconsejado que esperara unos meses antes de intentar quedarse embarazada. Nico no le había dicho ni a Danny ni a nadie que después de intentarlo y fracasar durante un año, se había hecho una prueba en casa por la que había sabido que era estéril.

La confesión de Danny y la sospecha de que Sienna estaba embarazada de su hermano cuando se casaron había horadado su alma. Que Sienna lo acusara de mantener una aventura con su ayudante personal había sido la última gota. Su hipocresía lo había enfurecido, y el divorcio había sido la única salida lógica de un matrimonio basado en mentiras. Con ello, había dado la libertad a Sienna para que conociera a un hombre que le diera el hijo que él no podía darle.

El sonido de sus tacones en las escaleras de mármol lo devolvieron bruscamente al presente. Diez años atrás había sido una adolescente encantadora, pero no especialmente hermosa. La Sienna adulta había excedido toda expectativa en cuanto a belleza. Era una sirena sensual y perturbadora, y desde que la había visto en la iglesia, el deseo lo cegaba.

Lo conveniente era dejar que se fuera, pero Nico

nunca había llegado a olvidarla y al verla, había sentido un inesperado sentimiento de lástima por haberla perdido. En cualquier caso, sentía curiosidad por saber qué le había hecho ir a Much Matcham, dado que la excusa de que sabía por Iris que era Danny quien se casaba era, evidentemente, mentira.

Después del divorcio, la había odiado, pero ese sentimiento se había transformado en indiferencia. Al menos emocionalmente, se dijo con ironía al sentir el sexo endurecido. Pero ya no era un joven a merced de sus hormonas. Era un hombre maduro, y había aprendido a no confundir el deseo con un sentimiento más profundo. Así que podría controlar aquella inconveniente atracción hacia su exesposa.

–La abuela se desilusionará si te marchas –dijo, saliendo al descansillo e inclinándose sobre la barandilla de la escalera–. Está claro que tenía un interés especial en que volvieras a casa para la celebración.

Sienna se detuvo en mitad de la escalera y miró hacia arriba.

–El chantaje emocional no te va a servir de nada. Tú le has hecho creer que había algo entre nosotros, pero vas a tener que decirle la verdad.

–Yo siempre digo la verdad, *cara* –musitó él, bajando hasta llegar a su altura–. Y la verdad es que los dos seguimos sintiendo la hoguera en la que nos quemamos hace diez años.

Percibió que Sienna se estremecía y al ver que ocultaba la mirada bajo los párpados, un rugido de triunfo brotó en su pecho.

–Yo acababa de terminar el colegio. Era una cría –dijo ella con amargura–. Tú tenías seis años más que yo y ya tenías experiencia y mundo. Yo era extremadamente inocente, pero tú te ocupaste de cambiar eso, ¿verdad, Nico? Estabas acostumbrado a conseguir lo que quisieras y tuve la mala suerte de que te encapricharas conmigo.

¿Mala suerte? ¡Pero si se había casado con ella!

–No recuerdo que te quejaras, *cara*. En cambio sí me acuerdo de cómo gemías cuando te besaba los pechos y me pedías que te poseyera –dijo él burlón, sintiendo una mezcla de satisfacción y de vergüenza de sí mismo al ver la expresión dolorida de Sienna.

–Siempre fuiste un arrogante bastardo –Siena se echó el cabello hacia atrás y siguió bajando. Cuando estaba en el último peldaño añadió–: Esta conversación no tiene sentido. No vale la pena remover el pasado. Adiós, Nico.

–Quédate –la palabra estalló en la boca de Nico con más brusquedad de la que había pretendido, pero tampoco había tenido la intención de suplicar.

Sienna lo miró tan sorprendida como estaba él. Era tan preciosa que Nico se dijo que podría contemplarla sin llegar a cansarse jamás.

–Por favor –masculló.

Sienna tragó y el convulso movimiento de su garganta reveló emociones que Nico supuso que ella prefería ocultar.

–Yo... –se pasó de nuevo los dedos por el cabello y Nico habría querido que fuera su mano la que se hundía en su sedosa melena–. ¿Por qué quieres que me quede?

Nico se encogió de hombros. Él se hacía la misma pregunta.

–Has dicho que has cambiado en este tiempo. Yo también. No somos los mismos que entonces, pero la atracción entre nosotros sigue siendo igual de intensa.

–No sé qué quieres –dijo ella con un hilo de voz.

Nico habría querido tomarla en brazos y llevarla al dormitorio para el resto de la tarde. Y más si seguía mirándolo con aquella expresión sensual cargada de promesas.

–Quiero conocer a la Sienna adulta –dijo, sorprendiéndose al darse cuenta de que era verdad.

Sienna inspeccionó con la mirada la enorme carpa decorada con flores y suspiró al ver que Iris la saludaba con la mano desde el otro lado.

–Resulta que sí llevaba el spray en el bolso –explicó cuando Sienna le preguntó si se sentía mejor, antes de sentarse a cenar–. Me alegro de que hayas decidido quedarte a la celebración y de que Nico y tú os llevéis bien –añadió enfáticamente.

Sienna pensó que había estado loca al acceder a quedarse. Si su abuela Rose se enteraba iba a tener que darle una explicación. Nico le dijo que había cuatrocientos invitados; no había una mesa presidencial, sino solo mesas sueltas en las que se sirvió una cena de cinco platos.

La comida tenía un aspecto delicioso, pero Sienna estuvo demasiado pendiente de tener a Nico a su lado como para disfrutar de ella. Una vez terminada la cena, los brindis y los discursos, la banda de música empezó a tocar y varias parejas salieron a bailar.

Mientras Nico charlaba con un familiar que estaba sentado a su otro lado, Sienna lo observó disimuladamente. Era injusto que fuera tan espectacularmente guapo. Su madre había sido considerada una de las grandes bellezas de su generación. Al igual que su abuelo, las facciones patricias de Nico delataban su linaje aristocrático, que se remontaba varios siglos atrás, cuando los caballeros ingleses habían obligado al rey Juan I a firmar la Carta Magna.

El matrimonio de Jacqueline Mandeville con un guapo playboy italiano, Franco De Conti, cuya fortuna procedía de una cadena de hoteles de lujo, había producido un heredero y un «repuesto», tal y como había bromeado Danny en una ocasión. Se encontraban en Sethbury Hall, donde Nico había organizado un campeonato de tenis con unos amigos. A Sienna le había sorprendido su tono de amargura, pero se dijo que no se debía a que Danny sintiera celos de su hermano mayor. Sin embargo, en aquel instante, al ver que Danny miraba a Nico con una expresión peculiar, recordó aquel día con nitidez.

Nico había ganado a Danny y este salió de la pista hecho una furia. Más tarde, riendo, le había dicho que solo se trataba de la típica rivalidad entre hermanos. «Nico lo gana todo, hasta a mi novia», fueron sus palabras. Eso no era estrictamente cierto. Sienna había salido con Danny un par de veces, pero cuando él intentó besarla le aclaró que ella solo quería ser su amiga. Al poco tiempo, Nico había llegado a Sethbury Hall y se había enamorado de él al instante.

Sienna salió de sus reflexiones sobresaltada cuando Danny se inclinó hacia ella.

–¿Cuándo has vuelto con mi hermano? Me extraña que Nico no me lo haya comentado.

Sienna tuvo en la punta de la lengua decirle que no habían tenido ningún contacto desde el divorcio, pero se limitó a decir, quitándole importancia:

–Nos encontramos hace poco en Londres y me invitó a la boda. Nico sabe que éramos amigos y me alegré de tener la oportunidad de desearos un feliz matrimonio a ti y a tu novia.

–Baila conmigo por los viejos tiempo –Danny se puso en pie.

Sienna, aunque no supo por qué, pensó que era inapropiado.

–Deberías de bailar con tu esposa.

–Victoria está bailando con su padre –Danny le tomó la mano y la condujo a la pista de baile–. Éramos buenos amigos, ¿verdad? ¿Te acuerdas cuando alquilamos un bote y te caíste al río?

–Me empujaste tú.

–Pero luego te rescaté.

Danny siguió contando historias de su juventud que hicieron reír a Sienna. Había conocido a Danny cuando él acudía regularmente al pub de su padre, cuya barra ella atendía los fines de semana para reunir dinero para la universidad. Comparados con los clientes del pueblo, Danny y sus amigos resultaban sofisticados y elegantes.

–Danny es guapo, pero su hermano mayor es espectacular –le había comentado la otra camarera, Becky–. Domenico pasa casi todo el tiempo en Italia, pero mi madre trabaja de cocinera en Sethbury y ha oído que viene la semana que viene. Por cierto, lady

Mandeville necesita una asistenta y mi madre dice que, si te interesa, dará tu nombre.

Por eso diez años atrás Sienna estaba fregando el suelo de la cocina de Sethbury Hall cuando Nico había entrado con botas de montar y había dejado huellas de barro.

–*Mi dispiace* –había dicho pasando de largo. Pero luego se había vuelto a mirarla con curiosidad–: ¿Quién eres?

Sienna se había quedado muda, cegada por aquel dios de bronce que se había materializado ante sus ojos. Parpadeó, pero seguía allí, alto y fuerte, con un aspecto exótico que enfatizaban su piel cetrina y sus increíbles ojos azules. Mientras lo miraba, él había sonreído y el corazón de Sienna se había acelerado.

–¿Será que no eres de carne y hueso y por eso no tienes nombre? –bromeó él–. Porque si eres real, debes de tener los pies mojados.

Desconcertada, Sienna había bajado la mirada y había visto que la fregona le goteaba sobre las deportivas.

–Soy Sienna –dijo, mortificada, cuando él deslizó la mirada por sus viejos vaqueros y camiseta.

Toda su ropa era vieja porque no tenía dinero para comprarse nueva. La camiseta le quedaba un poco justa y como hacía calor, no se había molestado en ponerse sujetador. Espantada, notó que se le endurecían los pezones, y al ver cómo la miraba Nico cuando se cruzó precipitadamente de brazos, sintió un escalofrío. Era la primera vez en su vida que sentía deseo, y que era consciente de su feminidad.

–Yo me llamo Domenico, pero mis amigos me llaman Nico.

–Lo sé, señor –dijo ella, recordando súbitamente el lugar que ocupaba. Algún día, él heredaría Sethbury Hall y el título de vizconde de Mandeville.

Él había reído.

–Confío en que me llames Nico, Sienna –dijo. Y ella encontró sexy hasta la forma en que pronunció su nombre–. No puedes quedarte con los pies húmedos. Quítate las zapatillas; nos sentaremos en el jardín hasta que se sequen. Así podrás contarme por qué una chica tan guapa como tú está trabajando aquí.

El encanto y la seguridad en sí mismo de Nico la habían seducido. Él la había besado aquella misma tarde, bajo la sombra de un perfumado lilo. Sienna había vuelto a casa flotando, y ni siquiera uno de los arranques de su padre borracho había hecho estallar la burbuja. Estaba enamorada de un guapo príncipe y todos sus sueños se harían realidad.

En aquel instante, Nico parecía tan peligroso como el malvado lobo de los cuentos de hadas. Al volver al presente Sienna se encontró mirando los ojos refulgentes de su exmarido, que avanzaba con paso decidido hacia ella acompañado por la nueva señora De Conti.

–Cambio de pareja. No quiero que me acusen de monopolizar a tu encantadora esposa –dijo a Danny, ejecutando hábilmente el cambio antes de que Sienna pudiera protestar.

Nico se desplazó por la pista tan deprisa que Sienna se mareó. Cuando intentó separarse de él, Nico la apretó contra sí hasta que sus senos quedaron aplastados contra su pecho.

–¿Qué haces? –mascculló ella.

–Eso mismo iba a preguntarte yo a ti. ¿Has venido a la boda de Danny a causar problemas?

–¿Qué quieres decir? –preguntó ella desconcertada, al darse cuenta de que estaba furioso–. ¿Qué he hecho?

–¿Has pensado en la esposa de Danny mientras coqueteabas con él delante de todos los invitados?

–No estaba coqueteando…

–Estabas toqueteándolo. Y has conseguido que todos los hombres babearan por ti. ¿Cómo se te ocurre humillar así a Victoria? ¿Quieres demostrar que puedes conseguir a cualquier hombre que te propongas, incluido el idiota de mi hermano?

Sienna exhaló el aliento, indignada.

–Has sido tú quien ha insistido en que me quedara –replicó–. Me pintas como a una devoradora de hombres cuando no le intereso a ninguno.

–No me creo que no seas consciente del efecto que tienes en los hombres.

–Solo sobre ti –las palabras escaparon de los labios de Sienna sin que pudiera retenerlas.

Nico la observó en tensión y el deseo que vio en sus ojos excitó y espantó a Sienna por igual. Se recordó que lo que había habido entre ellos había acabado hacía mucho tiempo. ¿Por qué entonces le hacía sentir fuera de la realidad? Ya solo era consciente de su presencia, los demás invitados habían desaparecido de la pista. Nico era aún más guapo y atractivo de como lo recordaba, pero estaba decidida a no volver a caer en su red.

Capítulo 3

SIENNA intentó soltarse de Nico, pero este la sujetó con fuerza por la cintura.

–No quiero bailar contigo –exclamó Sienna, entre la furia y el miedo a no ser capaz de dominar la atracción que despertaba en ella–. No puedes obligarme.

Nico rio quedamente.

–No tenías tanto carácter cuando eras mi esposa.

–A los dieciocho años no hubiera plantado cara ni a un peluche. Pero ya no soy la niña que te adoraba.

–Está claro que has cambiado. Tienes más seguridad en ti misma, y eso es muy sexy, *cara*.

Nico la miró con una mezcla de sorna y de admiración masculina que provocó una corriente de calor en Sienna. Él bajó las manos

Habían llegado a la puerta de la carpa, y al salir Sienna respiró profundamente para frenar su acelerado pulso. Aunque era más tarde de las nueve, los días eran largos y no había oscurecido. Hacía un aire cálido y estaba perfumado por las rosas y la lavanda que crecía en los parterres del jardín. Un amenazador trueno resonó en la distancia.

–Debo marcharme –dijo Sienna mirando el reloj.

Tenía que caminar hasta el pueblo, donde había

dejado el coche, y para cuando atravesara los brezales y tomara la carretera principal sería completamente de noche.

–Ven a casa a tomar una copa –dijo Nico en tono casual.

Pero cuando Sienna lo miró vio una intensidad en su mirada que le paró el corazón.

–No puedo –dijo precipitadamente antes de dejarse llevar por la tentación–. He tomado una copa de champán y sobrepasaría el límite para conducir. Además, tengo cinco horas de viaje hasta Londres.

Nico frunció el ceño.

–¡Cómo vas a hacer un viaje tan largo! ¿Por qué no has reservado una habitación?

Sienna se encogió de hombros. No quería admitir que había sido una decisión improvisada de aquella misma mañana porque había creído erróneamente que era él quien se casaba y había sentido curiosidad por ver a la novia.

–Todos los hoteles y pensiones estaban completos. Si me canso durante el viaje, me pararé en un motel de carretera.

–Puedes pasar la noche aquí –Nico le dirigió una mirada especulativa cuando ella lo miró perpleja–. ¿Por qué no?

–Se me ocurren varios motivos por los que pasar la noche contigo sería una mala idea.

–Iba a sugerir que ocuparas una de las habitaciones de invitados –dijo él burlón–. Pero solo por curiosidad ¿por qué crees que sería tan mala idea? Sentimos una evidente atracción el uno por el otro y somos dos adultos.

–Estás de broma –Sienna sacudió la cabeza e intentó ignorar las imágenes eróticas que evocó su mente.

El brillo que vio en los ojos de Nico hizo que se preguntara si le leía el pensamiento.

–¿A qué tienes miedo? –preguntó él con dulzura.

«A que vuelvas a romperme el corazón».

–A nada –replicó airada–. Simplemente, es una mala idea.

No soportaba que le hiciera sentirse tan nerviosa; dio media vuelta y tomó el camino de grava que rodeaba la casa. Pero apenas había dado unos pasos un trueno estalló con la fuerza de una explosión y Sienna dio un salto cuando un rayo zigzagueó en el cielo, que súbitamente se cubrió de nubes tormentosas. Entonces cayeron unas primeras gotas enormes que le humedecieron los brazos y los hombros. En cuestión de segundos, la lluvia se convirtió en diluvio.

Nico le tomó la mano.

–¡Vamos! –gritó por encima del estruendo.

Semicegada por la lluvia torrencial, Sienna se aferró a su mano, subieron las escaleras y cruzaron la terraza. Nico abrió las puertas y entró con ella en el salón. Sienna estaba calada y el vestido se le pegaba al cuerpo. Siguiendo la mirada de Nico, vio que sus pezones se apreciaban provocativamente a través de la seda mojada.

Nico cerró la puerta y el sonido del exterior se amortiguó. Pero en el interior tenía lugar otro tipo de tormenta. La tensión sexual estalló entre ellos y Sienna sintió un hormigueo en la piel, como si cada una de sus terminaciones nerviosas se activara ante la presencia de Nico.

Él se quitó la chaqueta y la dejó descuidadamente en el respaldo de una silla. Se pasó la mano por el cabello y avanzó hacia Sienna como un tigre aproximándose a su presa. Se detuvo tan cerca de ella que las llamaradas de deseo de sus ojos casi la abrasaron, y Sienna no pudo reprimir el escalofrío de deseo que la recorrió.

–¿Tienes frío? –Nico mantuvo la mirada fija en sus senos y Sienna perdió la batalla contra sí misma.

–Estoy ardiendo –admitió con una voz ronca que no reconoció como suya.

Tenía que estar definitivamente loca, porque no conseguía dar un paso atrás. Había deseado a Nico desde el instante que lo había visto en la iglesia. Pero ya no era una tímida jovencita, sino una mujer segura de sí misma y que era su igual en todos los sentidos.

Aunque llevaba tacones altos, Nico la sobrepasaba en altura. Vio que agachaba la cabeza, pero la poseyó la impaciencia y poniéndose de puntillas, le tiró de la corbata para acercar su boca a la de ella. Como en la iglesia, el beso fue explosivo. Nico le rodeó la cintura con un brazo y con la otra mano la tomó por la nuca.

Sienna nunca había sido capaz de resistirse a él. El beso le hizo perder cualquier resto de racionalidad. En cuanto su lengua se adentró en su boca y la exploró eróticamente, Sienna solo pudo pensar en cuánto lo había echado de menos. Los recuerdos que había intentado enterrar estallaron en una secuencia de fuegos artificiales. El pasado se fundió con el presente en una imagen de sus cuerpos desnudos, entrelazados, las manos de Nico deslizándose por su cintura tal y como lo hacían en aquel momento.

Nico se separó una fracción de ella para poder acariciarle los senos, pero ese contacto no bastó a Sienna, que le recorrió el pecho a través de la camisa mojada. Podía sentir el calor de su piel, y sacándole el faldón de la camisa del pantalón, deslizó las manos por debajo y suspiró al sentir bajo las palmas el suave vello que cubría su abdomen.

Él le bajó los tirantes del vestido.

–Tiene cremallera –musitó ella contra sus labios cuando separaron sus bocas para poder respirar.

El emitió un gruñido y volvió a reclamar sus labios con avidez al tiempo que le bajaba la cremallera de la espalda. Al deslizarle el vestido por los hombros y ver que no llevaba sujetador dejó escapar un gemido ronco y le rozó los pezones con los pulgares, provocando una descarga eléctrica en el interior de Sienna.

–Eres preciosa –dijo él sin apartar sus ojos de sus senos–. *Perfetto.*

Entonces la miró con una expresión salvaje que hizo estremecer a Sienna.

–Deja que te caliente –musitó él con voz aterciopelada–. Agárrate fuerte, *cara.*

La levantó por la cintura con una mano mientras la sujetaba por debajo de las rodillas con la otra. Ella se abrazó a él y ocultó el rostro en su cuello, probando con la lengua su sabor levemente salado antes de mordisquearlo.

–*Dio* –gimió él, saliendo con ella en brazos del salón hacia el vestíbulo–. Espera a que estemos arriba.

Subió las escaleras como si pesara como una pluma. Al llegar al descansillo, la miró fijamente con una intensidad que le marcó el alma con fuego y dijo:

–Mi dormitorio está al final de corredor, a la derecha. A la izquierda, está la habitación de invitados. Tú decides.

Sienna habría preferido que no le diera opción para no sentirse culpable por ser tan débil respecto a Nico. Desde su divorcio, había asido las riendas de su vida y tomaba sus propias decisiones. Pero al menos por una noche, quería todo aquello que Nico le ofreciera; quizá así lograría asumir el pasado y arrancarlo de su corazón y de su cabeza de una vez para siempre.

–A la derecha –dijo con voz ronca.

Nico no repitió la pregunta. Fue hasta su dormitorio, cerró la puerta con el pie, dejó a Sienna en el suelo y la estrechó en sus brazos, buscando su boca y dándole un beso aún más urgente y apasionado que los anteriores.

Sienna tenía la parte superior del vestido arrugada en la cintura. Nico tiró de la prenda hacia abajo y la dejó solo en bragas. Sus manos la recorrieron ávidamente, trazando la forma de sus nalgas antes de separarle las piernas y ponerle la mano sobre el sexo, por encima de las bragas que el deseo había humedecido.

Sienna arqueó las caderas hacia él y Nico masculló algo en italiano antes de atraparla contra la puerta y fundir de nuevo sus labios con los de ella. La besó hasta que Sienna creyó perder el sentido, hasta que solo existía la boca de Nico sobre sus labios, sobre su garganta y, por fin, sobre cada uno de sus endurecidos pezones.

Sienna emitió un gemido grave con la necesidad que despertaba en ella el tormento que Nico infligía a sus sensibles pezones. Bajó las manos hacia la cintura del pantalón hasta recorrer su sexo endurecido. El aliento raspó la garganta de Nico y cuando ella alzó la mirada, el fuego que ardía en los ojos de él añadió combustible a la hoguera que la quemaba por dentro.

Torpemente, intentó bajarle la cremallera, golpeando con los nudillos su desmesurada erección. Nico mascullo entre dientes y le apartó la mano para bajarla el mismo y liberar su miembro de la opresión de los pantalones y de los boxers.

¡Era enorme! Sienna no podía comparar porque en su vida solo había existido Nico y hacía años que no lo sentía en su interior. Un líquido ardiente le bajó por la pelvis con solo pensar lo que quería que Nico le hiciera.

–Te necesito ahora –no se dio cuenta de que había hablado hasta que Nico respondió con un gemido entre la risa y el deseo.

–Y yo a ti, *cara*. No puedo esperar –replicó, antes de apartar el fino encaje de entre sus piernas y penetrarla con un dedo.

Sienna estuvo a punto de arder en llamas. Las sensaciones que le provocó moviendo sus dedos en círculos antes de que metiera un segundo dedo, la hicieron gemir y tensarse al sentir las primeras oleadas de un orgasmo que le habría privado de todo control. Pero Sienna quería más y al sentir el sexo duro como el hierro de Nico presionarle entre las piernas, su interior se licuó. Nico le quitó las bragas.

–Entrelaza las piernas a mi cintura –dijo al tiempo que la tomaba por el trasero y la levantaba del suelo.

Sienna obedeció, impulsada por el instinto primario de cobijarlo en su interior y de que Nico la poseyera plenamente.

Él la penetró de un único y poderoso movimiento que la hizo gemir al comprobar hasta qué punto estaba duro; cómo llenaba cada milímetro de su interior.

–¡Dios, estás tan prieta! –dijo él jadeante–. ¿Te hago daño? ¿Quieres que pare?

–No… Y no –musitó ella.

Apenas podía hablar por el torbellino de sensaciones que la invadían. Entre otras, la de haber vuelto por fin a casa.

–Solo necesito un momento –añadió. Entonces notó que Nico empezaba a retroceder y apretó las piernas a la vez que le clavaba las uñas en los hombros y gemía–: No pares.

Nico debió de notar su urgencia y la replicó con un profundo gemido al tiempo que la empujaba contra la puerta y volvía a penetrarla profundamente antes de embestirla una y otra vez. Sus caderas entrechocaron con las de ella en un vaivén frenético y acelerado, al ritmo de los jadeos mezclados de ambos.

Sienna se preguntó si acabaría con un hematoma en la espalda por el roce con la puerta, pero en aquel instante solo le importaba el placer que se acumulaba en su interior y que se intensificaba con cada embate de Nico.

Él atrapó sus labios en un beso inesperadamente tierno que estuvo a punto de acabar con ella.

–Nico... –susurró desesperada, sin poder contener el tono de súplica.

–Lo sé, *cara* –dijo él. Y aceleró, elevándola al cielo–. Cariño, voy a... –gimió con voz ronca.

Y entonces deslizó la mano entre sus cuerpos hasta encontrar con el pulgar su sensible clítoris. El placer que produjo a Sienna fue tan intenso que estalló. Clavó las uñas en los hombros de Nico para anclarse a él mientras se dejaba arrastrar a un cegador orgasmo.

Nico la penetró profundamente, se tensó y dejando escapar un rugido sofocado, estalló en su interior, su cuerpo sacudido por la fuerza de su explosión.

Seguidamente, mientras sus reparaciones se iban pausando gradualmente, una dulce lasitud se apoderó de Sienna y tuvo la sensación de haber llegado a casa tras un largo viaje. Una vocecita le susurró: «aquí es dónde perteneces...». Y su corazón asintió.

¿Qué demonios acababa de pasar? Se preguntó Nico cuando salió de Sienna a su pesar. Adoraba estar dentro de ella. Acababa de experimentar el mejor sexo de su vida y aún más asombroso era que volviera a endurecerse. Disfrutaba del sexo como cualquier hombre de sangre caliente. Las mujeres representaban un entretenimiento placentero y una válvula de escape de tensiones para alguien como él, que se confesaba adicto al trabajo.

Pero sus aventuras siempre transcurrían de acuerdo a sus normas. Solo Sienna lo volvía loco de deseo. Ninguna otra le hacía perder el control. De hecho, se avergonzaba de su absoluta falta de delicadeza. ¡Ni siquiera había llegado a la cama! La había poseído contra la puerta, sin preocuparse ni por su comodidad ni por su disfrute... Aunque sus gemidos y la forma en que se había asido a él evidenciaban que su clímax había sido tan poderoso como el de él.

Sienna alzó la cabeza del hueco de su cuello con la mirada turbia, pero de pronto pareció darse cuenta de lo que acababa de pasar y su rostro adoptó una expresión de inquietud. Nico apretó los dientes y prefirió ignorar una extraña sensación de pérdida al posarla en el suelo.

–No he tomado precauciones –dijo con voz ronca.

Aunque tuviera la convicción de que era estéril, era muy consciente de los riesgos que implicaba el sexo. El que ni si quiera se le hubiera pasado por la mente ponerse un preservativo era una prueba más de hasta qué punto Sienna le hacía perder el control.

–¿No crees que podemos descartar un embarazo inesperado? –preguntó ella con tristeza.

El seminario enfureció a Nico porque fue la confirmación de que Sienna sabía que el bebé que había esperado no era de él.

–Un embarazo no es la única consecuencia del sexo sin protección –le recordó fríamente–. No suelo ser tan irresponsable.

–Yo tampoco –mascculló ella, agachándose para recoger su vestido.

Nico intuyó que evitaba mirarlo porque se avergonzaba de lo que acababa de suceder.

–No acostumbro a acostarme con cualquiera cada vez que se presenta una oportunidad –añadió Sienna, arrugando el vestido entre las manos–. No sé qué me ha poseído.

Nico sabía que era ridículo alegrarse de que Sienna admitiera que no solía mantener relaciones casuales. La fiera posesividad que lo invadió le resultó inexplicable. Tras el divorcio él había considerado su matrimonio un error y había seguido adelante con su vida. Pero acababa de comprobar que, al contrario de lo que había querido creer, no había logrado arrancarse a Sienna completamente del pecho.

–Tengo que irme –Sienna sacudió el vestido e hizo una mueca al ver lo arrugado que estaba. Recogió el bolso y al sacar el teléfono frunció el ceño–. Me he quedado sin batería. ¿Puedes llamar a un taxi? Tardaría diez minutos en llegar al pueblo y me empaparía.

Aunque la tormenta había pasado, seguía lloviendo. Se había hecho de noche y Nico presionó el control remoto de la pared para encender las luces de la mesilla. Sienna parpadeó. Parecía joven y vulnerable, y Nico sintió el impulso de protegerla.

–Te solía gustar pasear por los brezales bajo la lluvia –musitó, retirándole un mechón de cabello de la cara–. La primera vez que hicimos el amor fue en el campo, durante una tormenta. ¿Te acuerdas?

Sienna se ruborizó, pero pasó por alto la pregunta.

–No tengo ropa para mudarme, y la idea de conducir hasta Londres mojada me horroriza.

¿Realmente pensaba que iba a dejarla ir así, como si fuera un ligue que hubiera conocido en un bar? Que Sienna tuviera una opinión tan baja de él, incomodó a Nico, que tuvo que recordarse que no la había forzado a ir a su dormitorio, que ella había tomado la decisión. Y aunque fuer irracional, no estaba preparado para dejarla marchar.

Deslizó una mano por su nuca y susurró con dulzura

–No seas tonta. Vas a pasar la noche conmigo.

Sienna se mordió el labio, llamando la atención de Nico hacia su boca, que estaba enrojecida e hinchada por sus besos.

–Nico, no puedo.

Aunque habló con determinación, él percibió incertidumbre en su mirada y el estremecimiento que la recorrió cuando le quitó el vestido de las manos y dibujó con los dedos un círculo alrededor de uno de sus pezones.

–Dime que no quieres esto y te llevaré hasta tu coche –dijo, inclinando la cabeza para rozar con sus labios los de ella.

Ella emitió un gemido ahogado, pero no protestó. Nico, tomándola en brazos, la llevó a la cama. El corazón le latió con fuerza por haber vencido su resistencia y por el sueño anticipado de volver a perderse en su interior. Tal vez estaba tan anhelante porque llevaba un par de meses sin sexo. La abstinencia no era un estado natural en él. Abrió las sábanas y depositó a Sienna en la cama antes de quitarse la ropa apresuradamente y echarse a su lado. Un torbellino de emociones que se negaba a analizar lo asaltó mientras extendía el cabello cobrizo de Sienna sobre la blanca almohada.

Cuando era más joven, Sienna estaba tan delgada que parecía un frágil cristal. Con el transcurso de los años, su cuerpo se había suavizado en una sinfonía de curvas que Nico ansiaba explorar. No conseguía arrepentirse de haberle hecho el amor. Y una vez no le había resultado suficiente. La noche era larga, y planeaba poseerla de tantas maneras como su imaginación fuera capaz de conjurar, hasta que los dos alcanzaran las más altas cotas de la satisfacción sexual. Y estaba convencido de que cuando llegara la mañana, el deseo que despertaba en él su mentirosa exmujer se habría saciado plenamente.

Capítulo 4

SIENNA contempló el pintoresco paisaje de Yorkshire a través de la ventanilla del tren. Sonó su teléfono avisándole de que tenía un nuevo mensaje y el corazón le dio un salto al ver un número que no conocía. ¿Podía ser el de Nico? No había sabido nada de él en un mes y prácticamente había perdido la esperanza de que se pusiera en contacto con ella. Incluso había dejado de comprobar obsesivamente si le llegaba algún mensaje. Lo cierto era que no le había dejado su número al marcharse al alba a hurtadillas de Sethbury Hall. Nico se había quedado dormido después de hacerle el amor cuatro veces, dejando su cuerpo estremecido y su mente confusa.

El plan de arrancárselo de la mente después de acostarse con él se había vuelto en su contra, y solo había servido para confirmar hasta qué punto le resultaba adictivo.

Ante el peligro, la mayoría de las especies, incluida la humana, optaban entre el enfrentamiento o la huida, y Sienna había optado por lo segundo. No había localizado sus bragas y había dejado de buscarlas al ver que Nico se revolvía. Deteniéndose en la puerta, lo había observado extendido en la cama, con un brazo sobre los ojos, la sábana cubriéndole el sexo. Recordó cómo, mientras estuvieron casados pasaba a veces las noches despierta, contemplándolo y asombrada de que fuera suyo.

Pero la verdad era que nunca lo había sido. Sin embargo, a los dieciocho años, había hecho oídos sordos a los rumores de que solo se había casado con ella porque estaba embarazada. Finalmente, había sufrido un aborto y el bebé había nacido muerto: Luigi reposaba en el cementerio de San Agustin.

Sienna tragó saliva para deshacer el nudo que se le había formado en la garganta. El paso de los años no había aliviado el dolor de su pérdida, y la imagen de su bebé, tan perfecto que parecía un muñeco, seguía doliéndole como una puñalada en el pecho.

Leyó el mensaje: *He cambiado el cable de los frenos. El coche está listo para ser recogido.*

Lo enviaba su mecánico. Sienna se tragó la desilusión y revisó los correos, pero no había ninguno de Nico. Si hubiera querido localizarla le habría bastado buscarla en Internet. Durante la cena de la boda, le había dicho que era dueña de un negocio de cosmética llamado Fresh Faced.

Que no hubiera tenido noticias de él era una prueba más de que había sido una idiota. Entre ellos siempre había habido una increíble atracción, pero no podía acusar a Nico de aprovecharse de ella o de hacer promesas falsas. Tenía que dejar de fantasear con la idea de que había habido una conexión especial la noche que habían hecho el amor, y quitarse a Nico de la cabeza, tal y como él había hecho claramente respecto a ella.

Un paseo de diez minutos llevaba de la estación a

la residencia en la que vivía su abuela Rose, en un pequeño apartamento. De camino, Sienna recogió la tarta de cumpleaños que había encargado en la pastelería y compró un ramo de flores. En la residencia, se presentó en la recepción y subió al cuarto piso en el ascensor. Haciendo malabarismos con su bolsa de viaje, la tarta y el ramo, abrió la puerta y entró en el apartamento de su abuela.

–Hola, abuela, soy yo –entró en el salón y se paró en seco al ver a Nico junto a la ventana.

Su primer instinto fue salir corriendo, pero su amor propio la retuvo. A través de la habitación podía sentir la mirada de Nico quemándole la piel. Entonces vio a su abuela Iris sentada en un sillón junto a Rose.

–¡Vaya, has organizado una fiesta de cumpleaños! Me alegro de haber traído la tarta –dijo con una forzada animación.

Se obligó a dar un paso adelante, pero se tropezó y se le escapó la caja con la tarta. Nico se lanzó hacia delante y la sujetó antes de que cayera al suelo.

–Espero que no te importe que hayamos venido al cumpleaños de Rose –susurró él.

–Claro que no. Cuantos más, mejor –Sienna sonrió a Iris afectuosamente y rezó para que no oyeran su acelerado corazón.

–He convencido a Nico de que no trabajara por la tarde para que me trajera a ver a Rose –explicó Iris.

Así que Nico no había inventado una excusa con la esperanza de verla, se dijo Sienna, enfadándose consigo misma por sentirse desilusionada. Por supuesto que, al contrario que ella, él no había pensado obsesivamente en su encuentro.

Habría querido que Nico se separara de ella. El perfume de su loción de afeitado hacía que la cabeza le diera vueltas, y el hecho de que estuviera extraordinariamente guapo, con vaqueros negros y un polo blanco, no contribuyó a calmarla.

–Voy a poner las flores en agua –dijo a Rose.

Un exquisito ramo de rosas, lirios y orquídeas atrajo su mirada. Era tan espectacular que, por comparación, sus crisantemos resultaban vulgares.

–¿Has visto que preciosidad? Las ha traído Nico –dijo Rose, siguiendo su mirada–. Gracias, Nico –sonrió a este con afecto–. Ya has hecho mucho por mí. No habría podido mudarme a esta residencia si no llega a ser por ti.

Sienna frunció el ceño y, apartando la mirada de San Nico, fue hacia la cocina diciendo:

–Voy a preparar el té.

–Yo te ayudo –Nico la siguió, y mientras ella ponía agua a calentar, se apoyó en la encimera, dominando el reducido espacio con su presencia.

–¿A qué se refiere mi abuela? –preguntó Sienna mientras esperaban a que hirviera el agua.

Nico vaciló antes de contestar:

–A que pago la renta para que pueda vivir aquí.

–¿Por qué? –Sienna no pudo ocultar su sorpresa–. La abuela vendió su casa antes de mudarse aquí. Yo asumía que pagaba las mensualidades con ese dinero.

–Hace unos años Rose pidió un préstamos poniendo su casa de aval para que tu padre pudiera renovar el negocio, pero el pub fracasó, y Clive nunca le devolvió el préstamo.

Sienna hizo una mueca.

–¡Típico de mi padre! Lo último que he sabido de él es que se ha mudado a Irlanda y trabaja en el bar de un amigo. Supongo que se está bebiendo todo lo que gana. Menos mal que mamá finalmente se decidió a dejarlo –echó el agua en la tetera–. ¿Por qué te has metido en esto? Rose no es tu responsabilidad. De haberlo sabido, me habría ocupado yo de los pagos.

–Rose no quería preocuparte mientras montabas tu propio negocio. Cuando me enteré de que tenía problemas económicos, la ayudé encantado –Nico entornó los párpados–. ¿Por qué te molesta tanto?

–Porque no te corresponde. Después de todo, no eres familiar suyo.

–Mi abuela y ella son amigas desde hace años. Cuando tú y yo nos casamos, nuestras familias se unieron aún más. Si hubieras aceptado un acuerdo económico tras el divorcio, habrías estado en una situación económica más desahogada –Nico frunció el ceño–. ¿Por qué devolviste el cheque que te mandó mi abogado?

–No quería nada de ti. Aceptarlo solo habría confirmado los rumores de que me había casado contigo por tu dinero –Sienna preparó una bandeja con tazas y platos–. Se decía que me había quedado embarazada deliberadamente para atraparte.

–¿Y era verdad?

Sienna miró a Nico preguntándose si había oído bien. Él le sostuvo la mirada con una inquisitiva frialdad que la hizo estremecer.

–Por supuesto que no. Mi embarazo fue un accidente. Por lo visto, un milagro –dijo con amargura–. La primera vez que hicimos el amor no te pusiste un preservativo –le recordó.

Una década más tarde, el recuerdo de la pasión con la que Nico se había echado sobre ella en los brezales y habían hecho el amor, seguía calentándole la sangre.

Nico le lanzó una mirada de advertencia y Sienna se mordió el labio al darse cuenta de que Rose e Iris podían oírlos.

–No puedo creer que estemos hablando de esto. Si creías que te había tendido una trampa ¿por qué no lo dijiste? Lo que sí es verdad es que tú solo te casaste conmigo porque estaba embarazada, y cuando no fui capaz de darte un hijo, para ti ya no tenía sentido que siguiéramos juntos. ¿No es cierto, Nico?

Sienna sonó tan convencida, que Nico estuvo a punto de creerlo. Pero sabía que era una consumada mentirosa.

–¿Por qué no me has dicho antes que estaba jugando con nosotros? –había preguntado a Danny cuando, tras contarle sus problemas con Sienna, su hermano le había dicho que Sienna y él se habían acostado antes de que Nico llegara a Much Matcham.

–Me marché a Montecarlo el día anterior a que vinieras. Cuando volví, ya habías anunciado tu compromiso con ella y todo el mundo sabía que estaba embarazada. No tenía sentido mencionar que habíamos tenido una aventura. Supuse que si ella quería que lo supieras, te lo habría dicho.

Pero en lugar de eso, Sienna le había engañado

diciéndole que era el padre. Él tenía veinticuatro años y la idea le había aterrado porque suponía una responsabilidad añadida. Era el hijo mayor y heredero de la fortuna de su familia, y había crecido sabiendo que estaría al cargo de sus propiedades y del negocio de la cadena de hoteles De Conti Leisure. Las expectativas puestas en él eran enormes. Al ver la primera imagen difusa de su bebé, en lugar de contento se había sentido abrumado. Tras la muerte de su padre, apenas tres meses antes, había descubierto con horror que Franco De Conti había tenido varios hijos ilegítimos mientras estaba casado con la madre de Nico.

Recuerdos que Nico había reprimido durante años emergieron a la superficie. Los meses siguientes a la muerte de su padre había viajado a California a una reunión de trabajo, sometido a una fuerte presión emocional. A las horas de aterrizar había recibido una llamada del hospital de York, donde había ingresado Sienna al sufrir una hemorragia. Había sido su abuela, Iris, quien le anunció que el bebé había nacido muerto.

Aturdido por el shock, Nico había vuelto a Inglaterra de inmediato. Sienna estaba destrozada, pero él se sentía paralizado, e incluso cuando una enfermera le había acompañado a ver al bebé, había tenido la sensación de vivir una realidad paralela. Aunque no había tomado al bebé en brazos, al salir de la habitación había tenido la respiración agitada, como si acabara de correr una maratón y el corazón fuera a estallarle en el pecho. Sabía que tenía que recomponerse para apoyar a Sienna, pero el dolor de esta le había hecho sentirse tan inútil como cuando su madre solía llorar desconsoladamente por las infidelidades de su padre.

Bautizaron al bebé Luigi y celebraron un funeral la semana siguiente. Pero Nico lo siguió viviendo como algo ajeno e irreal mientras abrazaba a Sienna que lloraba desconsoladamente. A él las lágrimas lo aterraban. Solo era capaz de enfrentarse a las emociones ignorándolas. Pero Sienna le había acusado de estar distante y frío. Después, al no conseguir quedarse embarazada de nuevo y obsesionarse con el calendario de ovulación y las curvas de fertilidad, se había convencido de que Sienna solo quería sexo con él para concebir un hijo.

Que Sienna hubiera rechazado el generoso acuerdo económico que le había ofrecido le había desconcertado. Aunque el matrimonio hubiera terminado, se seguía sintiendo responsable de ella. Había supuesto que si Sienna había dicho que él era el padre del niño, y no Danny, era porque le tentaba la idea de ser algún día la vizcondesa de Mandeville. Pero si era así, no tenía sentido que se hubiera marchado con las manos vacías.

Había dejado de pensar en ello tras el divorcio, pero al oírle unos minutos antes decir lo doloroso que le habían resultado los rumores de que se había casado con él por su dinero, volvió a resultarle desconcertante.

Y aún más desconcertarte era que no hubiera podido dejar de pensar en ella durante el mes que había transcurrido desde que habían pasado la noche juntos.

Había despertado al día siguiente con la placentera sensación de tener los músculos doloridos por el ejercicio y con una erección, preparado para una nueva sesión con su sexy ex.

Tal vez el sexo había sido tan excepcional porque sus cuerpos se reconocían y sabían cómo darse y recibir placer. Y se había dado cuenta de que una noche con Sienna no era bastante. Así que decidió que la respuesta a su dilema era tener una aventura con ella, aunque aclarándole los límites y condiciones, puesto que no estaba en condiciones ni tenía el menor deseo de comprometerse.

Rodó hacia el lado para abrazar a Sienna, pero se encontró con la cama vacía. Igual que el cuarto de baño. Y al volver al dormitorio vio que, excepto por sus bragas de encaje, que estaban en el suelo, bajo su camisa, su ropa también había desaparecido. Sienna parecía tener sus propias reglas, y Nico intentó convencerse de que se sentía aliviado de no tener que mantener una tediosa conversación sobre las expectativas que toda mujer parecía albergar tras una noche de sexo.

Obligándose a volver al presente, siguió a Sienna al salón. Ella había dejado la bandeja sobre una mesa baja y estaba sentada en un sofá, frente a las dos ancianas, que ocupaban dos sillones.

Nico se sentó a su lado y sintió la satisfacción de notar que, a pesar de su aparente indiferencia, se tensaba cuando su muslo rozó el de ella.

Sienna sirvió el té.

–¿Lo pasaste bien en la boda de Danny? –preguntó Iris–. Te busqué después de la cena, pero no te encontré.

–Tuve que marcharme pronto para volver a Londres –contestó Sienna, ruborizándose.

Nico sonrió para sí y dijo:

–Por cierto, tengo una cosa que te dejaste –sacó del bolsillo de la chaqueta que colgaba del brazo del sofá una caja atada con un lazo. Cuando Sienna lo miró con desconfianza, susurró–: Es un trozo de la tarta nupcial. Todo el mundo ha recibido uno. ¿Qué esperabas, *cara*?

El rubor de Sienna se intensificó y Nico confirmó que temía que fuera a darle su ropa interior. El recuerdo de cómo se las había quitado antes de hacerle el amor, de pie, contra la puerta, avivó su deseo.

Y en ese momento decidió que volvería a tenerla y conseguiría derruir su fachada de indiferencia. Estaba allí, sentada, con una sonrisa en los labios, como si fuera consciente de que tenía una dolorosa erección bajo los pantalones. ¿Así que le hacía gracia alterarlo? También él sabía jugar. Se removió para librarse de parte de la incomodidad de su entrepierna y alargó el brazo por el respaldo del sofá, acercando su cuerpo al de ella. El pulso que latía frenéticamente en la base de su garganta la traicionaba, y Nico que tuvo que contener el impulso de aplicar sus labios a su delicada clavícula. Tendría que esperar.

–Recuerdo que me comentaste que tenías una reunión de trabajo importante, Sienna –comentó entonces Iris–. ¿Qué tal fue?

Con un suspiro de alivio, Sienna se aferró al tema de su trabajo con la esperanza de distraerse de la presencia de Nico.

–Muy bien. Convencí al director de una cadena de

salones de belleza para que usara mis productos de cuidado de la piel.

Estaba orgullosa de haber conseguido convertir su negocio inicial de venta online de productos orgánicos de belleza en una compañía de éxito.

–Le he contado a Iris que usas un ingrediente especial de África –comentó Rose.

–Aceite de marula. Los árboles crecen sobre todo en el sur de África y producen unos frutos amarillos del tamaño de un melocotón –explicó–. El aceite se extraer del hueso interior.

–¿Importas el aceite y luego cuentas aquí con un laboratorio para manufacturar tus productos? –preguntó Nico.

–Tengo un laboratorio en Londres. Un equipo de tres empleados hace a mano los productos con ingredientes orgánicos. El aceite de marula que usamos procede de Tutjo, un estado pequeño entre Namibia y Sudáfrica.

Al ver la cara de sorpresa de Iris, Sienna continuó:

–En Fresh Face trabajamos con una cooperativa de mujeres en Tutjo, cumpliendo los estándares de comercio justo. Las mujeres cosechan los frutos, extraen el hueso, lo abren y obtienen el aceite por presión en frío. Fresh Face dona el veinticinco por ciento de los beneficios a la cooperativa para financiar la salud y la educación de mujeres y niños.

–¡Qué fascinante, Sienna! –exclamó iris–. ¿Has ido a Tutjo personalmente?

–Varias veces, y espero ir a final de año.

Nico frunció el ceño.

–Tengo entendido que hay revueltas sociales y que el rey se enfrentó a un golpe de Estado.

–La situación se ha calmado desde entonces. Mi socio, Brent, vive en Sudáfrica y sigue la situación política en Tutjo de cerca. Es un país pobre, pero gracias a Fresh Face las mujeres pueden ser independientes y pagar la educación de sus hijos. Es un proyecto del que estoy muy orgullosa.

Pasaron a hablar de otros temas, pero Sienna siguió siendo obsesivamente consciente de la presencia de Nico. En un par de ocasiones lo miró y vio que la observaba fijamente. Casi sintió alivio al ver que a Rose se le cerraban los ojos.

–Abuela, voy a registrarme en el hotel. Volveré mañana y saldremos a comer –dijo Sienna.

–Venid a comer a Sethbury Hall –las invitó Iris–. Mandaré al chófer a recogeros.

–Muchas gracias, pero no queremos molestaros.

Sienna dedicó una mirada de súplica a Nico, pero este la sorprendió diciendo:

–¡Qué gran idea! Rose ¿qué te parece si comemos a la una?

Sienna se dijo que la invitación de Nico no implicaba que quisiera volver a verla. Él la siguió al ascensor empujando la silla de ruedas de Iris. Cuando salieron al exterior, se detuvo ante ellos un *Bentley*.

–Nico ha pedido a Hobs que me recoja porque tiene que ir a York –explicó Iris.

El chófer ayudó a la anciana a entrar en el coche.

–Supongo que nos veremos mañana –dijo Sienna cuando el coche partió.

Se preguntaba qué tipo de ocupación tendría Nico en York y sintió un zarpazo de celos al imaginar que tenía allí una amante con la que iba a pasar la noche.

Nico se había puesto unas gafas de sol que le daban un aire aún más sofisticado del que ya tenía. Rico, guapo y carismático, podía tener a la mujer que quisiera, pero se negaba a ser de nadie, y cualquier mujer que intentara atraparlo acabaría con el corazón destrozado. Como ella.

–Mi coche está cerca –dijo, indicando un deportivo plateado–. Te llevo al hotel. ¿Dónde te alojas?

–En el Arlington. Puedo ir andando.

Sienna echó a andar, pero no protestó cuando Nico llegó a su altura y le tomó la bolsa de viaje del hombro.

–No he querido insistir delante de tu abuela, pero debes plantearte lo de ir a Tutjo. El Ministerio de Asuntos Exteriores ha recomendado que no se viaje allí a no ser que sea estrictamente necesario.

–La información actual es que el riesgo ha pasado.

–Aun así, deberías posponer tu viaje.

Sienna se paró y lo miró.

–No tienes que cuidar de mí, Nico. Si no nos hubiéramos encontrado en la boda de Danny ni siquiera sabrías que voy de viaje.

–Pero nos encontramos y acabamos en la cama. No he conseguido olvidar esa noche, *cara*, y sospecho que tú tampoco.

–Eres un arrogante y.... –empezó Sienna, pero calló al acariciarle Nico la mejilla y susurrar:

–Tus ojeras demuestran que no has dormido bien.

–Y por supuesto, he dedicado cada minuto a pensar en ti –replicó ella con sorna–. Puede que haya otros motivos.

La mirada de Nico se endureció.

–¿Estabas pensando en tu amante de Sudáfrica? ¿Ese Brent que has mencionado antes? –preguntó.

Sienna lo miró desconcertada.

–Brent es mi cuñado. Es el marido de Alice y mi socio –Sienna se retiró el cabello de la cara–. Después del divorcio fui a verlos a Sudáfrica. Brent es un científico medioambiental y para entonces ya estaba trabajando con las cooperativas de mujeres de Tutjo. Alice se había interesado en la cosmética natural después de padecer un severo eccema como reacción a los productos sintéticos de la cosmética convencional. Antes de dejar Inglaterra yo me había graduado en empresariales y marketing, y decidí especializarme en la formulación de productos orgánicos de belleza. Mi hermana ha bajado su ritmo de trabajo desde que fue madre –Sienna no pudo evitar un leve temblor de voz. Adoraba a sus dos sobrinos, pero siempre que los abrazaba sentía el dolor de su propia pérdida–. Hace dos años volví a Inglaterra para establecer la base de Fresh Face en Europa.

Habían llegado al hotel y Sienna alargó la mano para que Nico le diera la bolsa, pero él se limitó a abrir la puerta para dejarla pasar y seguirla al interior.

–¿Estás cómoda aquí? –preguntó, mirando a su alrededor.

–No está mal. Tiene habitaciones pequeñas y económicas, pero muy cómodas.

Sienna pensó en ese momento en la enorme cama

con dosel de Nico y se ruborizó. Él aguzó la mirada como si pudiera leerle el pensamiento y preguntó:

–¿Por qué te fuiste sin despertarme?

Sienna se encogió de hombros.

–No quería dramas y supuse que tú tampoco. Lo que pasó fue una locura, pura química sexual –eso se había repetido a sí misma durante el último mes–. Pensé que era mejor olvidarlo.

–Pero no lo has conseguido.

–Te equivocas –saltó Sienna, irritada por el tono de superioridad de Nico–. Lo he olvidado igual que tú has conseguido no pensar en mí.

–Si eso fuera verdad, no habría acortado mi viaje de negocios a Bruselas para poder coincidir contigo –dijo él cortante.

¿Lo habría dicho en serio? Afortunadamente, el recepcionista concluyó con un cliente previo y atendió a Sienna. Cuando acabó de registrarse y se volvió, Nico se había marchado, dejando su bolsa en el suelo.

Sienna se consoló diciéndose que solo le quedaba el trago de comer con él al día siguiente, y fue hacia el ascensor para subir al quinto piso.

–Señorita Fisher –Sienna se volvió y vio al recepcionista acercarse apresuradamente–. Disculpe, le he dado la habitación equivocada. Se alojará en la suite ejecutiva del primer piso

–Debe de estar equivocado… –Sienna empezó.

El recepcionista parecía inquieto.

–Es… un regalo de la gerencia por ser una huésped habitual.

Desconcertada, Sienna dejó que un botones que

apareció de la nada le llevara la bolsa y la condujera hasta la suite.

–Si necesita cualquier cosa, llame al servicio de habitaciones.

Sienna miró a su alrededor y pensó que tenía que tratarse de un error. A ella no le pasaban ese tipo de cosas. Hasta que el negocio había despegado, había vivido con un presupuesto mínimo y aunque hubiera llegado a ganar un salario razonable, no podía permitirse habitaciones como aquella.

Junto a la cama había una enorme bañera independiente con vistas al río. La idea de darse un baño para relajar la tensión de los hombros y el cuello era tentadora. Abrió los grifos y añadió un chorro de esencia de rosas de la colección de Fresh Face que llevaba siempre consigo. Se desnudó y se recogió el cabello con un par de horquillas.

Mientras se relajaba en el baño de espuma, se preguntó si podría convencer al encargado del hotel de que comprara sus productos. Su negocio siempre ocupaba un lugar predominante en sus pensamientos, y ser económicamente independiente era fundamental para ella. Su padre había sido violento y su madre se había visto atrapada en su matrimonio por no tener estudios ni una carrera profesional. Sienna se había jurado no depender nunca de un hombre, pero su empeño en ir a la universidad había sido un motivo de tensión entre ella y Nico.

Al poco de conocerse, había empezado un curso de negocios y al quedarse embarazada había confiado en poder combinar la maternidad con los estudios. Pero el destino había sido cruel y tras el aborto se había concentrado en conseguir un título para compensar la desilusión de no volver a quedarse embarazada.

Dando un suspiro, Sienna se sumergió en el baño y dejó que su mente vagara al pasado. Tras la muerte de su padre, Nico había tenido que pasar mucho tiempo en Italia. Le había pedido que fuera con él, pero ella había preferido quedarse en Inglaterra para acabar su carrera. Por otro lado, quería permanecer cerca de su madre. Lyn Fisher había sido muy desgraciada junto a su marido y después de que su hija mayor, Allie, se mudara a Sudáfrica, solo contaba con Sienna.

Pero aparte de aquellas circunstancias, Sienna era consciente de que Nico y ella se habían casado demasiado jóvenes y que ninguno de los dos estaba preparado para afrontar los retos de una relación.

Una llamada a la puerta hizo que se incorporara bruscamente y el agua se desbordara de la bañera.

–Servicio de habitaciones –anunció una voz.

Sienna se sobresaltó al oír que se abría la puerta y, consciente de que se la veía desde la puerta, volvió a ocultarse bajo la espuma del baño.

–Márchese. No he pedido nada.

Al ver que Nico entraba con una bandeja en la que llevaba una botella de champán y dos copas, se le paró el corazón. La mirada de picardía con la que la observó se transformó en otra, ardiente y voraz, cuando la posó en sus hombros desnudos, que asomaban por encima de la espuma.

Capítulo 5

EN UNA fracción de segundo, Sienna pasó de estar relajada a tensarse.

–¿Has sido tú quién ha organizado el cambio de habitación? –preguntó airada.

Nico sonrió con malicia.

–No podía permitir que te alojaras en las habitaciones del ático, que en el pasado ocupaba el servicio.

–Eso no es de tu incumbencia –dijo ella mientras él dejaba la bandeja en una de las mesillas

Diez años atrás, ella misma había formado parte del servicio, cuando el guapo Nico, heredero de la casa ancestral y futuro vizconde, le había hecho perder la cabeza.

Fue a decirle que se marchara, pero las palabras se congelaron en su garganta. Nico abrió la botella de champán y dijo:

–¿Por qué quieres que brindemos? –llenó las copas y le pasó una–. ¿Por las viejas amistades o por los nuevos comienzos?

–En realidad nunca fuimos amigos. Nos casamos siendo prácticamente unos desconocidos –Sienna bebió un sorbo antes de dejar la copa en el alféizar de la ventana–. Y esto no es el comienzo de nada.

Nico clavó en ella una abrasadora mirada.

–¿Entonces, qué es?

Una locura, se dijo Sienna. Pero el estruendoso latir de su corazón ahogó la voz de la cautela mientras se apoyaba en el borde de la bañera y se ponía en pie. El agua se deslizó sensualmente por su cuerpo, despertando cada una de sus terminaciones nerviosas a la urgente llamada de un deseo primitivo: el de una mujer reclamando a su hombre.

Se retiró las horquillas y sacudió la cabeza de manera que su cabello descansó en sus hombros.

–Solo sexo, ¿no es así, Nico?

Fue más una afirmación que una pregunta. Ya no era una ingenua adolescente; comprendía que la emoción que ardía en los ojos azules de Nico era lascivia y no amor, y ese conocimiento le otorgaba la libertad y el poder de hacer lo que quisiera.

Y quería a Nico.

Él se había quedado paralizado al verla emerger, desnuda y orgullosa, del agua. Bebió de la copa antes de dejarla en la bandeja.

–Ahora mismo me da lo mismo lo que sea –masculló–. Solo puedo pensar en estar dentro de ti.

La tomó en brazos y la besó con una fiereza que era tanto una promesa como un castigo.

Fue aún mejor que la noche que habían pasado juntos, quizá porque Sienna había dejado de intentar reprimir el deseo que sentía por él.

Nico la besó de nuevo y la echó en la cama, y cuando se colocó de rodillas sobre ella, Sienna dejó de pensar. Quería hacer el amor con él aunque supiera que el «amor» no formara parte de lo que estaban haciendo.

–Te he mojado el polo –musitó.

–Será mejor que me lo quites –dijo él con la voz ronca.

Y cuando se sentó sobre los talones y la miró, el brillo acerado de sus ojos hizo que un escalofrío de anticipación recorriera a Sienna. Tomó el borde de su polo y tiró hacia arriba. Nico la ayudó y gimió cuando ella le recorrió el pecho con las yemas de los dedos y bajó las manos hacia el cinturón para soltarlo. No iba a actuar con timidez. Lo quería en su interior.

Pero Nico no quería apresurarse y se tomó su tiempo, explorando con su boca cada milímetro de su cuerpo. Le besó la garganta y las orejas, volviendo intermitente a sus labios y besándola con una ternura que la conmovió. Nico hizo vibrar su cuerpo como virtuoso músico y le arrancó gemidos de placer cuando succionó sus pezones hasta endurecerlos como piedras.

Se levantó para quitarse la ropa y se echó a su lado. Incorporándose sobre un codo, deslizó los dedos por su vientre hasta llegar a la intersección de sus muslos.

–Eres una preciosidad –dijo con dulzura, pero cuando bajó la mano y descubrió que estaba caliente y húmeda, musitó con una sonrisa–. Estás anhelante, *cara.*

Su tono de satisfacción hizo que Sienna se estremeciera. Nico estaba acostumbrado a que las mujeres cayeran rendidas ante él y aquella sonrisa la puso en guardia.

Deslizó la mano para rodear su sexo erecto.

–Tú también –dijo.

El aire escapó de Nico en un silbido cuando ella lo tomó con firmeza. Aprovechándose de su desconcierto, Sienna invirtió la posición para colocarse encima de él y al ver su expresión de sorpresa, intuyó que la idea de no tener el control lo incomodaba.

–Bésame –ordenó él, observándola a través de los párpados entornados.

Y a Sienna le hizo pensar en un sultán indolente que estuviera eligiendo a su concubina. En el pasado, lo habría cubierto de besos, desesperada por agradarlo, pero afortunadamente ya no era la jovencita inmadura que lo tenía en un pedestal.

–Muy bien. Te voy a besar –susurró.

Pero esquivó la mano de Nico cuando este intentó tirar de ella para atrapar su boca y se deslizó hacia abajo, arrancando un gemido de él al rozar sus pezones contra su pecho antes de seguir bajando. Nico dejó escapar un juramento al darse cuenta de lo que iba a hacer.

–Ahora no, *cara*. Estoy demasiado cerca del límite –dijo jadeante.

Sienna lo ignoró y pasó la lengua a lo largo de su sexo antes de meter su redondo extremo en la boca. Nico exhaló bruscamente.

–Bruja –masculló. Intentó detenerla y cambiar de postura, pero ella rio y lo empujó contra las almohadas.

–Me has pedido que te bese, pero no has especificado dónde –bromeó–. Tienes que aprender a no llevar siempre las riendas, Nico.

–¿Vas a enseñarme tú? –preguntó él con una frialdad que contradecían su voz alterada y su mirada ardiente.

–Vamos a comprobarlo –musitó ella antes de tomarlo de nuevo en su boca.

Sienna percibió que un escalofrío recorría el musculoso cuerpo de Nico y se dio cuenta de que también ella temblaba. Resultaba increíble que a los veintinueve años aquella fuera su primera vez. Durante su matrimonio, Nico siempre se había ocupado de saciarla. Se había dedicado a ella hasta que acababa gimiendo su nombre en medio de los maravillosos orgasmos que le proporcionaba. Solo entonces se entregaba a su propio placer y se dejaba ir.

Por entonces Sienna había sido esclava del deseo que Nico despertaba en ella, pero en aquel momento, al oír su respiración alterada tuvo una embriagadora sensación de poder.

Retirándose el cabello a la espalda, acarició su miembro de acero con las manos y la boca, ignorando las protestas de Nico para que se detuviera antes de que fuera demasiado tarde.

Sienna no había contado con que darle placer pudiera resultarle tan excitante, y se concentró en su tarea, animada por los jadeos de Nico. Él alargó los brazos y asió la sábana como para anclarse a la cama. Y Sienna sintió una deliciosa sensación al darse cuenta de que aquel enigmático hombre estaba a su merced.

–*Tesoro* –gimió él con la voz entrecortada.

Hundió los dedos en el cabello de Sienna, pero no intentó apartarla de sí. Ella siguió usando su boca y sintió que Nico empezaba a temblar. La explosión, cuando se produjo, fue espectacular. Nico emitió un grito que pareció brotar de sus entrañas. Cada músculo de su cuerpo se tensó y dejó escapar un gemido que resonó en el pecho de Sienna.

Ella alzó la cabeza y deseó poder adivinar qué estaba pensando, pero su expresión no le dio ninguna pista.

–¿Por qué tengo la sensación de que querías demostrar algo? –musitó él.

Sintiéndose extrañamente vulnerable, Sienna se acercó al borde de la cama y fue a levantarse, pero él le rodeó la cintura con un brazo.

–No estarás pensando en marcharte, *piccola.*

Su tono aterciopelado y el apelativo cariñoso puso a Sienna en guardia. Al principio de su relación, Nico la llamaba a menudo «su pequeña». Ella era entonces tan feliz: estaba casada con el hombre al que adoraba y esperaba su bebé. Pero pronto se había dado cuenta de que los rumores eran ciertos, y de que Nico solo se había casado con ella porque estaba embarazada.

Cerró la puerta a aquellos dolorosos recuerdos y dijo:

–Quiero más champán.

Nico tomó su copa de la mesilla y se la dio.

Sienna bebió antes de devolvérsela, y exhaló bruscamente cuando él derramó lo que quedaba sobre sus senos.

El frío líquido le endureció los pezones y cuando Nico le succionó uno de ellos, sintió una descarga en la pelvis. Nico entonces la echó sobre la espalda, le sujetó las manos por encima de la cabeza y le abrió los muslos con la mano que le quedaba libre, acariciándole el sexo con los dedos.

–¿No creerás que no voy a vengarme, verdad *cara*? –preguntó, y con un brillo pícaro en sus ojos oscurecidos por el deseo, inclinó la cabeza y la sedujo con la lengua.

Nico había pensado llevar a Sienna a cenar, pero cuando se levantó de la cama, después de haber hecho el amor más de tres veces, ya era tarde. Llamó al servicio de habitaciones y pidió que les llevaran la cena. Luego llenó el baño mientras se terminaban el champán.

–¿Por qué no me llamaste después de la boda de Danny? –preguntó Sienna más tarde, cuando cenaban un risotto con langostinos.

Nico la miró. Estaba preciosa con un albornoz blanco y el cabello cobrizo suelto y despeinado.

Cuando ella le había dado placer con su boca, creyó que se había muerto y había despertado en el cielo. No recordaba haber disfrutado nunca tanto ni haber perdido el control de aquella manera, pero prefería no pensar en por qué el sexo con su ex era más intenso que con ninguna otra mujer.

En la pregunta de Sienna no había nota de acusación, sino una curiosidad genuina, y eso le hizo pensar una vez más que era muy distinta a la jovencita con la que se había casado.

Se encogió de hombros.

–No quería que te enamoraras de mí, o que confiaras en que yo me enamorara de ti.

Ella lo miró fijamente y dijo con frialdad:

–Menos mal que estamos en la habitación más grande del hotel. Si no, tu ego no cabría en ella.

Ni se enfurruñaba, ni se enfadaba, ni se le humedecían los ojos. Nico sonrió para sí y se relajó. Odiaba las lágrimas. Entre sus primeros recuerdos estaba el de su madre llorando.

–Tu padre no me quiere –le decía cuando él intentaba consolarla–. Me ha destrozado el corazón por una joven a la que dobla la edad. La vida no vale la pena.

Peor que las lágrimas habían sido las sobredosis de píldoras. Para entonces él, con doce años, ya era lo bastante mayor como para darse cuenta de que su madre había intentado suicidarse. La primera vez había tenido lugar cuando sus padres se habían separado oficialmente y su padre se había mudado a París para vivir con su amante. La siguiente vez había sido cuando Franco De Conti se había casado con una actriz americana.

Nico recordaba la desazón de sus abuelos al visitar a su hija en Cuidados Intensivos. Y aunque estaba angustiado por poder perder a su madre, había tenido que ser fuerte por Danny y ocultar sus sentimientos, algo que había arrastrado hasta la madurez. Era el mayor y debía proteger a su hermano.

–¿Por qué haces infeliz a mamá? –preguntó un día su padre.

Su padre se había limitado a decirle que las mujeres no comprendían que para un hombre no era natural ser fiel a una sola mujer, y que algún día comprobaría por sí mismo que las mujeres pretendían cosas imposibles.

Su padre tenía razón. Cuando Nico se convirtió en un joven adulto, descubrió que fascinaba a las mujeres y que no tenía que esforzarse para acostarse con ellas. Desafortunadamente a menudo se enamoraban de él y asumían que él debía corresponderlas.

Cuando conoció a Sienna, la química que había entre ellos era tan explosiva, que había perdido el control sin haber tenido tiempo de establecer las reglas de la relación. El embarazo de Sienna lo había forzado a un matrimonio para el que no estaba preparado.

Sienna había dicho que el día de su boda eran dos desconocidos y no le faltaba razón. Los dos ocultaban secretos, pero él había sabido que ella estaba enamorada de él y no había querido herirla como su padre había hecho con su madre,

–No tienes de qué preocuparte –la voz de Sienna lo devolvió al presente–. Eres el último hombre del que me enamoraría.

Su tono sarcástico lo irritó y tuvo la tentación de preguntarle por qué estaba tan segura de ello. Después de todo, mientras estuvieron casados la había colmado de regalos, y había vivido rodeada de lujos.

–¿Quieres café? –preguntó a Sienna cuando terminaron de cenar.

Ella asintió con la cabeza y Nico llevó la bandeja en la que estaba la cafetera a la mesa de delante del sofá. Sienna se unió a él y se acomodó, sentándose con las piernas dobladas bajo el trasero, Nico le pasó una taza.

–No debería tomar cafeína tan tarde. No voy a poder dormir –comentó ella.

–Esa es la idea, *cara* –contestó Nico con picardía–. ¿Para qué crees que inventaron los italianos el café?

La carcajada sonora de Sienna prendió de nuevo el deseo en Nico.

–He pensado en ti mucho este mes –comentó. De hecho, había pensado que ella lo llamaría, pero no había sido así–. ¿Tú en mí?

–He estado muy ocupada –contestó ella.

Su tono de indiferencia irritó a Nico, pero al ver que se ruborizaba levemente supo que no era completamente sincera. Enredó los dedos en un mechón de cabello de Sienna.

–¿Has tenido mucho trabajo?

–Sí.

¿Por qué le rehuía la mirada? ¿Tendría un amante en Londres? Nico se tensó. Su actitud en la cama evidenciaba que se había mantenido sexualmente activa. Imaginarla con un amante le contrajo las entrañas, pero se dijo que no se debía a que sintiera celos.

–Pensé que después de divorciarnos te casarías y tendrías familia –comentó, intentado sonar indiferente.

En aquella ocasión, la risa de Sienna fue de amargura.

–Supongo que ya estaba escarmentada. He visto suficientes matrimonios fracasados, incluido el de mis padres, como para querer probar por segunda vez. En cuanto a formar una familia: he aceptado que no puedo tener hijos.

El leve temblor de su voz hizo pensar a Nico que no era completamente sincera. Frunció el ceño.

–No deberías sentirte culpable por no quedarte embarazada –dijo cortante.

–Nos separamos antes de hacernos pruebas de fertilidad, pero creo que es algo genético. La abuela Rose me dijo que después de que naciera mi padre quiso tener más hijos, pero no volvió a quedarse embarazada.

Nico se dijo que Sienna debía saber que los problemas los tenía él. No hacía falta tener una licenciatura en biología para darse cuenta de que se había quedado embarazada de Danny, pero no de él. Nico se obligó a concentrarse en lo que Sienna estaba diciendo.

–Mi negocio es mi bebé –cementó con melancolía–. Abrirme un hueco en el mercado de la cosmética ha supuesto un gran esfuerzo, pero es un proyecto en el que creo con toda mi alma. Trabajar con las cooperativas de mujeres, creando productos que no dañan el medio ambiente es maravilloso. Aunque estoy tan ocupada que no tengo vida personal.

–Pero supongo que has tenido amantes… –Nico se dijo que debía de darle igual; que de hecho, le daba igual.–. Solo por curiosidad, ¿cuántos?

–No tantos como tú –dijo ella–. ¿Acaso te importa, Nico?

–No –mintió él–. Solo quería asegurarme de que no estoy ocupando el lugar de otro –al ver que Sienna fruncía el ceño, explicó–: Podría ser que tuvieras un novio en Londres.

La mirada de Sienna se enturbió.

–Si lo tuviera no me habría acostado contigo. Pero ahora que lo dices ¿mantienes en este momento alguna relación?

–No –dijo Nico, desabrochándole el cinturón del albornoz y acariciándole los senos. Susurró contra sus labios–: Pero pregúntamelo en unos segundos y te aseguro que la respuesta será distinta.

Sienna emitió un sonido ahogado que pudo ser de

protesta, pero entreabrió los labios y el corazón de Nico se aceleró al sentir que la magia estallaba de nuevo.

Un buen rato más tarde, cuando Sienna dormía y él seguía esperando a que su corazón se desacelerara, Nico se dio cuenta de que hacer el amor con ella no había saciado su deseo. Sienna era como un narcótico. Pero se negaba a aceptar que dependiera de ella. Él no necesitaba a ninguna mujer, y mucho menos a su hipócrita ex.

Eso no significaba que no pudiera disfrutar de un sexo espectacular con ella a lo largo de varios días hasta que, como solía pasarle, se aburriera de la novedad que representaba. Y cuando llegara ese momento, la dejaría.

El almuerzo al día siguiente en Sethbury Hall fue mucho más relajado de lo que Sienna había temido. De mutuo acuerdo, Nico y ella evitaron mencionar que habían pasado la noche juntos para no confundir a sus respectivas abuelas. Y porque, tal y como Sienna se repetía, solo se trataba de una aventura que los dos sabían que en algún momento tendría que acabar. Por más guapo que Nico fuera, no iba a ser tan ingenua como para enamorarse de nuevo de él.

Aun así, aquella mañana, cuando él la había despertado con un tierno beso que había vuelto a avivar sus sentidos, había tenido que recordarse que debía proteger su corazón. Nico le había hecho el amor con una mezcla de sensualidad y ternura que podría hacerle creer que la había echado de menos durante aquellos ocho años tanto como ella a él.

No se levantaron hasta tarde y Nico se había ido del hotel dándole un prolongado beso. Ella se había duchado y se había puesto un vestido de seda verde.

–Estás radiante –dijo su abuela cuando iban en el coche con chófer que las había recogido en York–. ¿Has dormido bien?

Afortunadamente, justo llegaron a su destino y Sienna pudo responder con un comentario vago, al tiempo que se sonrojaba al ver a Nico bajar las escaleras para recibirlas.

–Rose, bienvenida a Sethbury Hall –saludó a su abuela antes de volverse hacia ella–. Me alegro de volver a verte, Sienna –le tomó la mano para besársela y sus labios le provocaron un estremecimiento que la recorrió de arriba abajo–. Está preciosa. Espero que hayas dormido bien.

–¡Qué obsesión tiene todo el mundo con cómo he dormido! –bromeó ella.

–Yo reconozco que estoy obsesionado contigo –le susurró él al oído.

Y Sienna rezó para que Rose no viera cómo se sonrojaba mientras Nico le ofrecía el brazo para ayudarla a subir las escaleras.

Durante el almuerzo, ella se concentró en las dos ancianas. Quería mucho a Iris y adoraba a su abuela, que había superado numerosas dificultades en su vida, incluida la de tener un marido y un hijo alcohólicos, y que siempre había sido un modelo de entereza para ella.

–¿A qué hora es tu tren? –le preguntó Nico más tarde, al encontrarla en la terraza.

A pesar de sus esfuerzos por mostrarse tranquila,

Sienna había sido todo el tiempo perturbadoramente consciente de la proximidad de Nico y apenas había probado bocado, de manera que su abuela le había preguntado si no se encontraba bien. Lo cierto era que llevaba un par de días con el estómago revuelto, pero había asumido que era por la ola de calor que estaba padeciendo el país.

–No tengo billete de vuelta –contestó–. Había pensado volar de Leeds a Francia para buscar un local en París antes de una reunión que tengo programada para el lunes, pero han cancelado la reunión así que voy a tomar el tren de las cuatro para Londres.

Miró a Nico y se ruborizó al asaltarle los recuerdos de la apasionada noche que habían pasado juntos. Y por el brillo de sus ojos, intuyó que Nico le había leído el pensamiento. Carraspeó.

–Ha sido muy agradable coincidir contigo este fin de semana –dijo.

–¿Agradable? –Nico esbozó una sonrisa pícara que la derritió–. Qué cruel eres, *cara.*

–No busques que te halague –replicó ella, ahogándose en sus ojos azules. Y se desesperó por encontrarlo tan irresistible.

–Ven a Italia conmigo.

Sienna miró a Nico con el corazón acelerado.

–¿Por qué?

–Esta noche doy una fiesta para los ejecutivos de la empresa en la villa del lago Garda –Nico se aproximó y enredó un dedo en su cabello–. Si vienes, estaré impaciente por tenerte en mi cama.

La mirada de deseo que Sienna vio en sus ojos la estremeció. Posó la mano en su pecho, anhelando sentir su piel. Pero estaría loca si accedía a acompañarlo.

–No tengo qué ponerme –dijo distraídamente, ansiando que la besara.

–Dime tu talla y me ocuparé de que lleven un vestido a la villa –dijo Nico en un tono tan sensual como una caricia–. No necesitas nada más, porque espero que pases el resto del fin de semana desnuda.

No pensaba aceptar la invitación.

–Solo puedo pasar una noche –se oyó decir Sienna.

La sonrisa pícara de Nico venció cualquier rastro de resistencia.

–Entonces tendremos que convertirla en una noche inolvidable –dijo Nico y la besó con una devastadora sensualidad que la hizo gemir de desilusión cuando se separó de ella y dijo con frialdad–: No queremos que Iris y Rose crean que tenemos un romance.

Fue un buen recordatorio de que no debía tener vanas esperanzas sobre los motivos de su invitación. La química sexual que había entre ellos era explosiva, pero acabaría por consumirse y Sienna se juró que, cuando llegara ese momento, su corazón permanecería intacto.

Capítulo 6

VOLARON a Italia en el avión privado de Nico y allí los esperaba una limusina para llevarlos a la villa.

Sienna recordó que nunca había llegado a acostumbrarse a vivir rodeada de tanto lujo. Debido a su inseguridad, no había logrado encajar en el círculo social de Nico, y había sido consciente de los rumores de que se había casado con él por su dinero. Pero la verdad era que Nico había sido su primer amor, de hecho su único amor. Había estado tan fascinada con él que la propia intensidad de sus sentimientos le había hecho creer que Nico sentía lo mismo por ella.

Suspiró y giró la cabeza para contemplar la villa Lionard. La gran mansión de los De Conti, que Nico había heredado al morir su padre, estaba situada en la orilla del lago Garda, con unas vistas magníficas al lago y a las montañas que se elevaban al otro lado.

Empezaba a atardecer y el sol proyectaba su luz dorada sobre las aguas del lago y de la piscina de la villa. Una mezcla de fragancias de limón y de los olivos que flanqueaban el camino de acceso, se filtraba por las ventanillas del coche.

Nico estaba sentado a su lado y Sienna notó que se relajaba cuando el coche se detuvo ante la villa.

En una ocasión le había contado que para él aquella casa era su verdadero hogar. Y aunque ella apreciaba su belleza, nunca se había sentido cómoda en ella, y se preguntó si no había cometido un error al volver a un lugar que asociaba con recuerdos dolorosos.

Allí habían pasado sus últimas Navidades juntos. Hacía un frío espantoso y las cumbres de las montañas que rodeaban el lago estaban nevadas, pero ella apenas había disfrutado de la belleza del paisaje. Se había sentido terriblemente infeliz, y su incapacidad para quedarse embarazada había tensado su relación al máximo. La distancia que había entre ellos había aumentado aún más tras una visita de Nico a su hermano Danny en Londres, aunque Sienna le asegurara que no había pasado nada entre ellos.

Ella había confiado en resolver sus problemas durante las vacaciones, pero a excepción de día de Navidad, Nico había ido a sus oficinas de Verona a diario, e incluso había pasado allí varias noches. Aunque él decía que era por evitar conducir en la nieve, ella había llegado a la convicción de que tenía una aventura con su atractiva ayudante personal, Rafaela Ferrante.

Pero no tenía sentido dar vueltas al pasado, se dijo mientras Nico la conducía al interior de la villa. Ya no era la joven fantasiosa de entonces. Nico la besó en cuanto entraron, con una pasión que borró todo pensamiento de su mente y avivó las brasas de su deseo.

–Tengo que hacer un par de llamadas –dijo él cuando alzó la cabeza, jadeante–. La doncella te enseñará los vestidos que ha enviado un diseñador de Verona. Mi favorito es el de terciopelo negro.

Un poco más tarde, después de ver la selección de

vestidos, Sienna se dijo que Nico tenía buen gusto. El de terciopelo negro remarcaba su estrecha cintura y el escote pronunciado enmarcaba la curva superior de sus senos. Se le aceleró el corazón al imaginar cómo reaccionaría Nico cuando viera que debajo llevaba el liguero y las bragas de encaje negro que acompañaban al vestido. Unas sandalias plateadas le hacían ganar varios centímetros y un bolso del mismo color era el remate perfecto.

Se había recogido el cabello en un moño alto y se había maquillado más que habitualmente. El vestido era sexy, pero sofisticado: el tipo de vestido que luciría la amante de un hombre rico. Deslizó las manos por la suave tela, imaginando a Nico haciendo lo mismo. La sensación era deliciosamente perversa. Si Nico quería una amante, ella estaba dispuesta a ocupar ese puesto sin albergar la menor esperanza de que su relación fuera más allá del dormitorio.

Se le erizó el vello y, al volverse, vio a Nico entrar en la suite. Estaba espectacular con un esmoquin negro y una camisa blanca que contrastaba con su piel cetrina. Al llegar al vestidor, se paró en seco y su mirada adquirió una expresión de ardiente deseo.

–Estás hermosísima –la rodeó por la cintura y la besó apasionadamente. Ella respondió con igual pasión y él susurró–: Ten misericordia, *cara*. Voy a pasar el resto de la velada fantaseando con quitarte el vestido.

La fiesta tuvo lugar en el gran salón de la villa. Nico la presentó a los invitados y Sienna se alegró al comprobar que recordaba mucho del italiano que había aprendido durante su matrimonio.

–*Buonasera*, Sienna. No sabía que fueras a venir.

Sienna se volvió de la ventana por la que había estado contemplando la estela de la luna en el lago y el corazón le dio un vuelco al encontrarse con la fría mirada de Rafaela Ferrante.

–Rafaela, yo tampoco esperaba verte. ¿Sigues siendo la ayudante personal de Nico?

–Sí, pero no por mucho tiempo –respondió Rafaela, sonriendo–. Hace tiempo que Nico sabe lo que quiero, y por fin ha decidido concedérmelo. Tengo que ir a hablar con él. Disculpa, *per favore*.

Sienna se quedó mirándola, irritándose al darse cuenta de que Rafaela había seguido jugando un papel importante en la vida de Nico durante aquellos ocho años. Vio que la recibía con un beso en la mejilla, y aunque fuera el saludo habitual en el continente, sintió que le ardía la boca del estómago al ver que se apartaban a un rincón y se enfrascaban en una íntima conversación.

Seguía preguntándose qué significaba Rafaela para Nico cuando este se le acercó.

–¿Por qué pareces contrariada, *cara*? –preguntó él, al tiempo que la guiaba a la pista de baile.

Cuando la estrechó contra sí, Sienna contuvo el aliento y parte de su inquietud se mitigó.

–Me preguntaba cuándo acabaría la fiesta –susurró, deslizando la mano por la pechera de la camisa de Nico y rozándole un pezón con las uñas.

Él ahogó un juramento y bajó la mano hasta su coxis, apretando su pelvis a la de ella.

–Espero que lo antes posible –masculló–. ¿Ves el efecto que tienes en mí, *bellisima*?

–Lo puedo notar –bromeó ella, moviendo las caderas sinuosamente contra él.

–Voy a tener que castigarte –dijo él, irradiando un deseo que provocó un escalofrío de anticipación en Sienna.

Y en cuanto se fue el último invitado, Nico cumplió su promesa: la tomó en brazos y la subió al dormitorio.

–Te voy a desvestir –dijo, posándola en el suelo–, pero tú no puedes tocarme hasta que yo te dé permiso.

Sienna hizo un mohín, pero no protestó y sintió un escalofrío cuando Nico se colocó a su espalda y le bajó la cremallera del vestido. Deslizó la parte de arriba hacia abajo y, cubriendo sus senos con las manos, le frotó los pezones hasta que Sienna gimió de placer. Ella apoyó su peso en él, mirándose en el reflejo del espejo mientras Nico le besaba el cuello.

–Eres tan hermosa... –dijo con voz ronca.

En el espejo, Sienna pensó que parecía un lobo, y contuvo el aliento cuando él le mordisqueó la piel.

Nico le bajó el vestido junto con las bragas. Sin quitarle el liguero la echó sobre la cama y le abrió los muslos para proporcionarle una caricia íntima con la boca y lengua que la arrastró a un convulso orgasmo.

–Ahora puedes tocarme –dijo Nico, riendo ante la ansiedad de Sienna, que le arrancó varios botones de la camisa al tirar de ella para entrar en contacto con su piel.

Con la misma urgencia le quitó los pantalones y los boxers y lo empujó sobre el colchón para montarlo a horcajadas.

Nico sonrió con una devastadora sensualidad y susurró:

–Eres increíble, *gattina*. Mira lo que estas consiguiendo con tus zarpas de gatita.

Con un diestro movimiento, invirtió sus posiciones y abrió las piernas de Sienna con la rodilla antes de penetrarla profundamente. Le hizo el amor una y otra vez hasta que ambos quedaron saciados y Sienna se durmió en sus brazos.

Cuando despertó, Nico seguía abrazándola, y Sienna permaneció inmóvil, observándolo. Mientras dormía, sus facciones se suavizaban y recordaban al joven con el que se había casado. Se preguntó cuántas amantes habría tenido desde su divorcio, y aunque en cualquier caso serían un cien por cien más de los que ella había tenido, no tenía la menor intención de decírselo.

Suspiró y serpenteó para salir de entre sus brazos, pero Nico estrechó el abrazo y entreabrió los ojos.

–¿Por qué suspiras, *cara*? –preguntó.

–Tengo hambre –era parcialmente verdad y al ver que no tenía las náuseas de los días previos, supuso que no habían sido más que una molestia pasajera.

–Creo que puedo ayudarte –musitó él.

Y la poseyó una vez más, con una sensualidad tan intensa que Sienna se preguntó cómo iba a ser capaz de marcharse. Pero lo cierto era que se iba en unas horas y que Nico no había mencionado la posibilidad de verse en el futuro.

Desde el cuarto de baño le llegó el sonido del

agua mientras Nico se duchaba. En ese momento sonó su teléfono y lo tomó. Pero al ver en la pantalla el nombre de Rafaela se dio cuenta de que era el de Nico. Lo dejó sonar hasta que enmudeció y se quedó contemplando el techo, contrariada.

¿Qué hacía Rafaela llamando tan temprano en domingo? Se acordó del enigmático comentario que le había hecho durante la fiesta. ¿A qué se refería con que por fin Nico iba a concederle aquello que tanto deseaba?

–Has recibido una llamada –dijo a Nico cuando este salió del cuarto de baño con una toalla rodeándole la cintura. Él se inclinó para darle un beso en los labios.

Antes de que se incorporara, Sienna deslizó la mano por debajo de la toalla, aunque odiándose por querer que Nico mantuviera la atención en ella y se olvidara del teléfono.

–Eres insaciable, *cara* –bromeó él. Tomó el teléfono, miró la pantalla y se irguió–. El servicio tiene fiesta el domingo, así que voy a hacer café.

Salió de la habitación y Sienna oyó su voz, baja e íntima, mientras iba por el corredor hacia las escaleras. Saber que estaba hablando con Rafaela le produjo una dolorosa punzada de celos. Después de una ducha se sintió un poco mejor. Preparó la bolsa de viaje y bajó a la cocina.

Nico seguía al teléfono y Sienna se quedó titubeante en la puerta. Él la vio y tras murmurar algo en italiano, colgó.

–No hacía falta que te levantaras –dijo, sirviendo café–. Tenemos varias horas antes de tu vuelo a Londres. Sería una pena desperdiciarlas.

–¿Tú crees? –dijo ella en tensión–. He confundido tu teléfono con el mío y sé que la llamada era de Rafaela. Supongo que tienes planes –en cuanto las palabras escaparon de su boca se dio cuenta de lo infantil que sonaba, pero ya no podía borrarlas.

Nico entornó los ojos.

–¿Estás enfurruñada porque he hablado con mi secretaria?

–No estoy enfurruñada –el tono altivo de Nico sacó a Sienna de sus casillas. Se acercó el café a los labios pero con solo olerlo sintió unas violentas náuseas y pensó con amargura que debían ser los efectos secundarios de los celos–. Reconozco que me extraña que te llame en domingo. Debía de haber supuesto que seguíais teniendo una relación estrecha. Pero me habías asegurado que no mantenías ninguna relación.

–¿Así que crees que he mentido? –preguntó Nico con frialdad–. ¿Qué insinúas exactamente? Dilo de una vez.

–Está bien. ¿Tienes una relación íntima con Rafaela? –preguntó Sienna.

–¿De verdad crees que después de pasar la noche contigo he saltado de la cama para hablar con mi amante? –dijo Nico con sarcasmo–. Creía que habías madurado Sienna, pero me he equivocado. Tus sospechas irracionales fueron en gran medida la causa de nuestro divorcio.

–No fue una sospecha irracional que os encontrara abrazados hace ocho años –replicó Sienna.

Recordaba cómo había llegado al apartamento de Verona para intentar hacer las paces después de su última pelea. No había avisado a Nico de que lo visitaría y entró usando su propia llave. Pero al llegar al salón los encontró sentados en el sofá. Estaban enfrascados en una conversación íntima y Nico le pasaba el brazo por los hombros. Al oír su exclamación de sorpresa, se había separado de un salto con expresión de culpabilidad.

–Tendría gracia que os hayáis mantenido juntos durante ocho años. Nuestro matrimonio duró mucho menos que eso.

–Mientras que el matrimonio de Rafaela ha durado y hace poco celebraron su décimo aniversario de boda.

Sienna miró a Nico en estado de shock.

–¿Rafaela está casada?

Nico sintió.

–Al poco de casarse, su marido sufrió un accidente de tráfico que lo dejó parcialmente paralizado. Rafaela estaba destrozada porque él quería divorciarse para que ella pudiera rehacer su vida. Me lo contó a mí porque no quería decírselo a su familia. Afortunadamente, convenció a Claudio de que es el amor de su vida. Anoche me contó que finalmente han conseguido un bebé en adopción y que quiere dejar el trabajo para dedicarse plenamente a él. Esta mañana me ha llamado para anunciarme que pueden ir a recoger a su hijo la próxima semana.

–¿Por qué no me lo contaste? Sabías que sospechaba que teníais una relación y no lo negaste.

–No tenía por qué hacerlo –dijo Nico con aspereza–. No debías de haber dudado de mí. Nunca hice nada que pudiera hacerte dudar de mi compromiso con nuestro matrimonio.

–Un matrimonio que preferías haber evitado –dijo Sienna temblorosa–. Yo te amaba, pero tú te casaste conmigo porque estaba embarazada ¿no es verdad, Nico?

Él se encogió de hombros.

–Es posible.

Su respuesta fue como una puñalada en el pecho, y Sienna comprendió de pronto que la relación con Rafaela no había sido el verdadero problema de su matrimonio. Había preferido justificar su frialdad y su distanciamiento porque tenía una aventura, en lugar de aceptar que no la amaba y que se sentía atrapado.

También fue consciente de que había cometido un error al creer que podía tener una relación meramente sexual con él, porque siempre anhelaría algo más. Y Nico había dejado claro que eso era todo lo que podía ofrecerle.

Nico dejó bruscamente la taza en la mesa.

–Voy a vestirme. Espero que tu estado de ánimo mejore después de que desayunemos –dijo sarcástico.

La sola mención de comida hizo que Sienna sintiera náuseas. Pero peor aún fue darse cuenta de que a pesar de todo, habría querido seguirlo al dormitorio y volver a hacer el amor con él. Nico era como una droga y solo una ruptura drástica podría acabar con su adicción.

Esperó a oír cerrarse la puerta del dormitorio antes de tomar su bolsa y salir corriendo de la villa a la vez que llamaba a un taxi. Mientras cruzaba la verja de la propiedad se juró que aquella vez dejaba a Nico para siempre.

Capítulo 7

NICO golpeó el saco de boxeo hasta que le dolieron los hombros. Finalmente se quitó los guantes y los tiró al suelo del gimnasio de villa Lionard. Ni siquiera un ejercicio físico extenuante borraba el recuerdo de Sienna

Habían pasado dos semanas desde que la había visto partir en un taxi. Se había repetido una y otra vez que era lo mejor y que pronto la olvidaría, pero no dejaba de pensar en ella. En varias ocasiones había estado a punto de llamarla, pero su orgullo se lo había impedido.

Había intentado convencerse de que lo que echaba de menos era el sexo, pero algo le decía que no era así. Se dijo que le daba lo mismo perderla, pero tenía un sentimiento profundo de haber sido abandonado. Como cuando su madre intentaba suicidarse sin preocuparse de lo que pudiera ser de sus hijos. Por eso él siempre había protegido a Danny.

Maldiciendo entre dientes, Nico guardó sus sentimientos en la misma caja donde los había encerrado a los doce años, asegurándose que su vida iba bien así y especialmente sin su exmujer.

Sonó el teléfono y le sorprendió ver quién llamaba.

–*Buongiorno*, abuela. ¿Qué tal tiempo hace en Yorkshire?

–Domenico, ¿has visto las noticias? –preguntó Iris nerviosa–. Ha habido un golpe de Estado en Tutjo y ha estallado la guerra civil. La situación es espantosa. Acabo de hablar con Rose. Está desesperada porque Sienna volvió a Tutjo hace unos días.

–Le dije que no viajara a esa zona de África. Llevan meses teniendo problemas –dijo Nico consternado.

–Dudo que Sienna acepte que le digan qué puede o no hacer –dijo su abuela–. Siempre he admirado su carácter independiente.

–Esperemos que no se haya metido en problemas –masculló Nico al tiempo que encendía la televisión.

Las imágenes de la creciente violencia en Tutjo eran aterradoras. Se recordó que Sienna no era su responsabilidad, pero al sentir un peso de plomo en la boca del estómago tuvo que admitir que se estaba engañando si creía que Sienna no significaba nada para él.

Sienna se abanicó con la mano. La pequeña sala en la que la habían encerrado no tenía aire acondicionado. Hacía un calor bochornoso y se preguntó si los hombres que la habían encerrado allí a punta de metralleta le darían agua.

El miedo la atenazó cuando miró por la ventana la calle principal de Assana, la capital de Tutjo. Los neumáticos quemados, los escaparates rotos y los hombres armados eran la prueba palpable de la violencia que se propagaba por el país. El golpe había comenzado dos días después de que ella llegara. La página Web del gobierno británico no había incluido ningún aviso de que no fuera seguro viajar a la región y su cuñado le había asegurado de que la tensión había pasado. Se abrazó a la cintura intentando dominar el pánico. El día anterior debía haber ido a ver a las mujeres de la cooperativa, pero no había podido salir de la ciudad y rezaba por que estuvieran a salvo.

La puerta se abrió bruscamente y Sienna se volvió hacia el hombre armado que entró. Apuntándola con el arma, le dijo con un fuerte acento:

–*Tú, ven.*

Quizá los rebeldes la dejarían ir, se dijo mientras lo seguía por un pasillo. Pero si iban a liberarla ¿por qué la amenazaba con el arma?

–Aquí –el hombre abrió una puerta y la empujó al interior.

Cuatro o cinco hombres rodeaban un escritorio, pero la mirada de Sienna se dirigió automáticamente hacia uno que estaba separado del grupo

–¡Nico!

Él fue hacia ella y Sienna se refugió en sus brazos.

–¿Estás bien? –preguntó Nico–. Si estos hombres te han hecho daño...

–Estoy bien –dijo ella con los ojos humedecidos–. ¿Cómo sabías que estaba aquí? –preguntó con voz quebradiza.

–Tu cuñado sabía en qué hotel te alojabas. Aunque el personal había huido, encontré a un hombre que había visto que te traían al cuartel general de los rebeldes.

–Estoy preocupada por las mujeres y las familias de la cooperativa.

Una peculiar expresión cruzó el rostro de Nico.

–Eres increíble, *cara*. Estás retenida por los rebeldes y te preocupas por los demás más que por ti misma –le acarició el cabello, pero en ese momento un hombre la tomó del brazo y tiró de ella.

–Si quiere mujer debe pagar.

–¿Qué quiere decir? –susurró Sienna al ver que Nico dejaba sobre el escritorio una bolsa.

–He tenido que negociar tu liberación.

Sienna pasó del miedo a la indignación.

–¿Te han exigido dinero? ¿Cuánto?

–Un millón de dólares –dijo Nico en voz baja sin apartar la mirada de los hombres.

–Eso es una.... –Sienna no pudo seguir porque Nico se lo impidió con un beso. Cuando alzó la cabeza para respirar, ella exclamó–: ¿Qué estás haciendo?

–Salvarte la vida. Las armas que llevan estos hombres no son de juguete –le advirtió Nico.

Y Sienna se sintió culpable de que hubiera arriesgado su vida por salvarla. La situación era peligrosa y lo mejor que podía hacer era dejar que Nico tratara con los rebeldes sin crearle más problemas.

Él se dirigió al líder, pero Sienna no pudo oírle porque sufrió uno de los mareos que llevaba padeciendo lo últimos días. Lo había comentado con una amiga enfermera, que le había sugerido que podía tener anemia. En cuanto llegara casa, si lo lograba, iría al médico

Nico le pasó la bolsa a uno de los hombres, que procedió a contar los fajos de billetes que contenía. Finalmente, dejó el pasaporte de Sienna sobre el escritorio.

–Nos dejan ir –le susurró Nico al oído. Al ver que Sienna vacilaba, la sujetó por la cintura y la ayudó a salir de la habitación–. No te detengas. Fuera nos espera un camión.

El viaje por la zona de conflicto fue tenso y Sienna solo se relajó cuando el avión de Nico despegó. No había dormido desde su captura y en cuanto apoyó al cabeza en la almohada de la cama donde Nico le animó a descansar, se quedó profundamente dormida. Apenas se revolvió cuando aterrizaron y la subieron a un coche.

–¿Estamos en Londres? –preguntó cuando abrió los ojos y en la oscuridad vio calles que no reconocía.

–No, en Italia. En unos minutos llegaremos a villa Lionard –dijo Nico.

–Creía que me llevabas a mi apartamento –dijo Sienna irguiéndose.

Los ojos de Nico brillaron en la penumbra.

–Tenemos unos asuntos pendientes que resolver.

Sienna se mordió el labio.

–Siento haberte acusado de acostarte con Rafaela –musitó.

El coche se detuvo y Nico salió precipitadamente. Ayudándola a salir, la abrazó con fuerza.

–La única mujer con la que quiero acostarme eres tú, *mia belleza*.

Sienna había jurado no volver a caer bajo su hechizo, pero al acurrucarse en el pecho de Nico se dijo que habría necesitado una voluntad sobrehumana para resistirse. A pesar de que representaba un peligro que debía evitar a toda costa. Nico le hacía sentir segura … Y acababa de salvar su vida.

Él la subió en brazos al dormitorio y la dejó en el suelo del cuarto de baño. Con dedos diestros le desabrochó la camisa y el sujetador.

–Puedo ducharme sola. No soy una niña.

–Yo no estoy tan seguro –dijo él en tono de broma–. No me obedeciste cuando te dije que Tutjo era un lugar peligroso.

–¿Desobedecerte? –repitió Sienna–. ¡Qué arrogante eres, Nico! Yo no tengo que obedecerte. No eres mi dueño.

–Te equivocas –Nico le bajó los pantalones y las bragas y tras meterla en la ducha, abrió el grifo–. He pagado un millón de dólares por ti.

El agua le cayó sobre el cabello y el rostro, arrastrando la suciedad y el miedo de los últimos días. Entonces Nico se quitó la ropa y se unió a ella. Sienna alzó las manos a su pecho, pero en lugar de empujarlo, tal y como le exigía su conciencia, se lo acarició. Lo había echado tanto de menos…

–Esperas que me acueste contigo para pagar mi deuda. ¡Creía que eras un caballero!

Nico rio.

–Me temo que te equivocabas, *cara* –dijo, pellizcando sus pezones entre sus dedos hasta endurecerlos–. ¿Cuántas noches tendrás que pasar en mi cama para pagar un millón de dólares? –tomó la barbilla de Sienna para que lo mirara. El brillo pícaro de sus ojos se convirtió en otra emoción que hizo que el corazón de Sienna se acelerara–. Creía que te perdía –dijo, y la besó con una ternura que la desarmó.

Sienna abrió los labios a su beso caliente y apasionado; deslizó las manos por su torso, bajándolas hacia sus nalgas. La sensación era maravillosa: su piel de satén, sus muslos cubiertos por un suave vello y su miembro, acero envuelto en terciopelo.

Él musitó su nombre, y entonces agachó la cabeza y le mordisqueó los pezones, succionándoselos hasta que el placer le arrancó un sonoro gemido. Sienna hundió los dedos en su cabello y él deslizó la mano entre sus piernas y la penetró con los dedos.

–Rodéame con las piernas mi cintura –masculló él, asiéndola por las nalgas para colocar su sexo a la entrada de su cálida y húmeda abertura.

Y de un diestro movimiento, la penetró profundamente. Sienna se regocijó en el fiero deseo de Nico, con los gemidos con los que acompañaba sus embates, y basculó las caderas para sentirlo aún más profundamente.

Nico hizo una breve pausa. Apoyó la frente en la de ella y con el pecho agitado, dijo:

–Voy a correrme. Siempre me haces perder el control.

Sonó casi enfadado, pero Sienna solo podía concentrarse en la intensa sensación que se iba acumulando en su vientre y en la certeza de que estaba perdida. Nico volvió a mecerse; la sujetó por las caderas y, cerrando los ojos, la embistió una y otra vez a un ritmo acelerado, hasta que Sienna alcanzó el orgasmo mientras gemía su nombre.

Entonces Nico la miró con ojos centelleantes y susurró:

–*Tesoro mio* –antes de dejarse ir con un último empuje y un profundo gemido que ahogó presionando el rostro contra el cuello de Sienna.

Un buen rato después, después de que Nico la llevara a la cama y le hiciera el amor una vez más, Sienna estaba a punto de quedarse dormida cuando las palabras de Nico resonaron en sus oídos «mi tesoro». ¿Podía confiar en que fueran más que palabras?

¡Menuda noche! Nico se desperezó lentamente. La pálida luz del alba se filtraba por las persianas. Se incorporó sobre el codo para observar a Sienna, que continuaba durmiendo.

Era preciosa. Lo asaltó un sentimiento posesivo que quiso rechazar al instante. Se echó y contempló el techo. La química que había habido entre ellos había sido siempre explosiva, pero sabía bien que no debía caer en la trampa de buscar un significado más profundo en su relación.

–Gracias por rescatarme de los rebeldes.

Nico giró la cabeza y la vulnerabilidad que atisbó en el rostro de Sienna lo afectó más de lo que habría querido.

–Ha sido un placer –musitó, atrayéndola hacia sí.

A pesar de que habían hecho el amor varias veces la noche anterior, tenía de nuevo el sexo endurecido. Pero más increíble aún era la extraña sensación de plenitud que sentía cada vez que hacía el amor con

Sienna... aunque quisiera convencerse que era solo algo físico y no emocional.

Sus labios se abrieron como pétalos cuando él la besó, pero Sienna lo empujó suavemente cuando fue a colocarse sobre ella.

–Necesito ir al cuarto de baño.

Nico la soltó a su pesar y ella se sentó en el borde de la cama. Pero cuando se puso en pie, palideció y dejó escapar un grito ahogado. Nico se dio cuenta de que iba a desmayarse y se lanzó hacia ella, llegando justo a tiempo de sujetarla cuando le fallaban las piernas.

–Ha debido ser una reacción al estrés –dijo Sienna unos minutos más tarde, después de que Nico la hubiera echado en la cama–. No hacía falta que llamaras al médico.

–No está de más que te vea. Es un viejo amigo de la familia y vive cerca –replicó Nico, dándole un beso para borrar su mohín–. No te enfades.

Stefano Belucci había sido el médico de la familia desde antes de que Nico naciera. Cuando entró, este preguntó a Sienna:

–¿Quieres que salga de la habitación, *cara*?

–Quédate si quieres –dijo ella.

Y contestó las preguntas del médico sobre su salud general.

–No me pasa nada –insistió.

–Le voy a hacer un análisis de sangre y de orina. Hay varias causas que pueden explicar los mareos que ha padecido últimamente.

Nico fue hasta la ventana mientras el doctor Belucci exploraba a Sienna. Luego esta fue al cuarto de baño y le dio al médico un frasco pequeño. Estaba pálida y tenía aspecto frágil, y Nico se sentía culpable por no haberle dejado descansar durante la noche.

–¿Cuándo tendrá los resultados de los análisis? –preguntó al médico.

–En un par de días. Pero tengo casi la total seguridad de saber a qué se deben los síntomas de la *signorina* Fisher –dijo el doctor, mirándolos sonriente–. *¡Congratulazioni!* Está embarazada.

Capítulo 8

¿CÓMO era posible que se encontrara de nuevo en aquella posición? Nico estaba furioso y habría querido golpear las paredes del despacho al que había ido después de despedir al médico.

Su falsa y manipuladora exmujer había vuelto a reírse de él. Y era tan buena actriz que por un instante había estado a punto de creerse su expresión de sorpresa al recibir la noticia.

–No me lo puedo creer –había musitado, en una interpretación digna de un Óscar.

Él se había ido de la habitación sin atender a sus llamadas. Sienna estaba embarazada, pero no de su hijo.

Se alegraba de que la rabia que sentía fuera tan intensa como para liberarlo del hechizo en el que había caído desde que había visto a Sienna en la boda de Danny. En aquel instante, en cambio, solo sentía desdén por ella.

–Nico.

Él giró la cabeza y la vio en la puerta. Seguía pálida y le temblaban los labios, pero Nico quiso convencerse que no le importaba.

–Es una noticia increíble ¿no? –musitó Sienna, entrando en el despacho–. Sigo perpleja, pero el doctor ha dicho que está prácticamente seguro de que estoy embarazada.

–No sé qué quieres que diga ¿quieres que te dé la enhorabuena? Solo por curiosidad, ¿el padre es un amante fijo o alguien a quien conociste cuando te fuiste a escondidas de la villa hace dos meses?

–Estoy embarazada de ti –dijo Sienna con una expresión de asombro que confirmó a Nico que era una actriz consumada–. La prueba inicial indica que me quedé embarazada en junio. Recuerda que hicimos el amor después la boda de Danny.

Y entonces Nico lo comprendió todo.

–Me preguntaba por qué te habrías presentado en la iglesia. Luego te inventaste lo de que Iris se encontraba mal para ir a mi dormitorio. Querías hacer el amor conmigo aquella noche para poder decir que era el padre del bebé del que ya estabas embarazada. Muy lista, *cara* –dijo despectivamente–. Pero no soy tan idiota como para caer en la misma trampa dos veces.

Sienna ahogó una exclamación.

–¿Qué quieres decir? Yo nunca te he engañado –dijo con un hilo de voz. Pero alzó la barbilla y continuó con firmeza–. Este bebé es tuyo porque eres el único hombre con el que he mantenido relaciones en toda mi vida –se mordió el labio al oír a Nico bufar con desdén–. Es la verdad. ¿Por qué iba a fingir que eras el padre de mi hijo?

–Por lo mismo que lo hiciste en tu primer embarazo –Nico se encogió de hombros–. Soy muy rico y puede que quieras ser vizcondesa. Eres una gran actriz. Casi me convences. Pero ese bebé no puede ser mío porque soy estéril.

–Pe-pero es imposible –Sienna se balanceó sobre los pies igual que había hecho antes de desmayarse y Nico juró entre dientes.

–Siéntate –dijo con aspereza.

La condujo hacia el sofá y ella se sentó con una expresión de fragilidad que irritó a Nico.

–¿Por qué crees que eres estéril?

Nico estaba harto de mentiras, de desear algo que no llegaba a alcanzar y que había decidido hacía tiempo que prefería no tener.

–Me hice un test que dio una cifra baja de espermatozoides –dijo ásperamente–. Era extraño que lleváramos un año intentándolo cuando te habías quedado embarazada la primera vez que nos acostamos –exhaló con impaciencia–. Estabas obsesionada y llegué a creer que lo único que querías de mí era quedarte embarazada. Cada mes, al verte llorar porque no lo habíamos conseguido, sentía que era un fracasado.

–Yo lo pensaba de mí misma –musitó ella–. Había perdido a tu heredero y no conseguía darte otro hijo.

–Pero Luigi no era mío –Nico no atendió a la exclamación de sorpresa de Sienna porque ya estaba convencido de lo buena actriz que era.

Probablemente sus múltiples orgasmos eran tan fingidos como la aseveración de que él había sido su único amante.

–Sé que te acostaste con mi hermano antes que conmigo.

Sienna parpadeó.

–¿Con Danny?

–Solo tengo un hermano.

–No me acosté con él ni con nadie. Era virgen –exclamó indignada–. ¿De dónde has sacado esa idea?

–Danny me dijo que os habíais acostado unos días antes de que yo llegara –dijo Nico bruscamente.

–¡Eso es mentira! Antes de que vinieras a Much Matcham salí con Danny un par de veces. Intuí que él quería dar un paso adelante en nuestra relación, pero yo no estaba enamorada; solo lo quería como amigo. No pasó nada entre nosotros.

Nico apretó los dientes.

–Danny es mi hermano y he cuidado de él desde pequeño. Siempre hemos estados muy unidos. Es mi mejor amigo.

–Danny estaba celoso de ti. Siempre se refería a sí mismo como el «repuesto». Nunca fui suya –dijo Sienna con una fiereza que indignó aún más a Nico.

–Danny no me mentiría. Puede que no supieras cuál de los dos era el padre del bebé, pero estabas enamorada de mí y me lo adjudicaste porque sabías que me sentiría en la obligación de casarme contigo –concluyó con una brutalidad que hizo estremecer a Sienna.

–Luigi era tuyo –susurró–. Puede que el resultado del test de fertilidad estuviera equivocado. Tiene que estarlo, porque el bebé del que estoy embarazada ahora, también es tuyo. De todas formas, si creías que eras estéril ¿por qué no me lo dijiste? Estaba segura de que era culpa mía.

Nico se sintió culpable. No lo había mencionado porque le dio vergüenza, y más aún cuando sabía que Danny tenía que ser responsable de su primer embarazo.

–Nos divorciamos y asumí que conocerías a alguien que pudiera darte un hijo –masculló a modo de respuesta.

Sentía un intenso dolor en el pecho. Por eso evitaba las emociones. No tenía sentido que acusar a Sienna de haber mentido le hiciera sentir como un monstruo.

Apoyó la cadera en el escritorio y se cruzó de brazos con una sonrisa desdeñosa.

–Por eso sé que no estás embarazada de mí, Sienna. Vete de aquí; no quiero volver a verte en toda mi vida –concluyó brutalmente.

–No te preocupes, Nico. Ni me verás a mí ni conocerás a tu hijo –Sienna fue hacia la puerta decidida a contener las lágrimas.

Nico la había humillado y herido de tal manera que no podría perdonarlo nunca. Tampoco tenía fuerzas para defenderse. Nico prefería creer la mentira de su hermano a creer que era el padre del bebé que esperaba. A ella misma le estaba costando asimilar la noticia. Sus periodos eran irregulares y no le había extrañado que se le retrasara.

La sorpresa de Nico cuando el médico lo había anunciado había sido tan grande como la suya, pero cuando había salido de la habitación sin decir nada y con expresión sombría, se había dado cuenta de que Nico no compartía su alegría.

Se había dicho que quizá solo necesitaba tiempo para hacerse a la idea, y por eso había ido tras él, convencida de que una vez se calmara, se daría cuenta de lo afortunados que eran. El desprecio con el que le había dicho que no quería volver a verla había hecho añicos sus esperanzas de que quisiera finalmente formar una familia con ella.

Reprimió la tentación de volverse a mirarlo antes de salir. En la puerta principal la esperaba el chófer. Con la cabeza alta, subió al coche. No sabía si Nico la observaba por la ventana, y se dijo que no le importaba. Habían terminado.

El avión privado aterrizó en Londres unas horas más tarde. Sienna tomó un taxi y al llegar a su piso en Camden, fue directa al dormitorio. Incapaz de contener por más tiempo su dolor, se dejó caer en la cama y estalló en llanto.

–Estamos solos tú y yo –susurró, poniéndose la mano en el vientre.

Pero en medio de su desesperación, atisbó una luz de esperanza y esbozó una sonrisa. Incorporándose, se secó las lágrimas con la determinación de pedir una cita con su médico para el día siguiente. El test de embarazo que había hecho en Italia indicaba que habían pasado los tres primeros y cruciales meses. Pero su primer embarazo había terminado a las veintidós semanas y prefería pensar exclusivamente en el futuro inmediato y confiar en que todo fuera bien. Y tenía que empezar cuidando de sí misma y alimentándose bien.

Nico había dejado claro que no quería tener nada que ver con su hijo, pero se las arreglarían sin su ayuda.

Nico salió de la clínica privada y subió a la limusina. Indicó al chófer una dirección en Maida Vale y apoyó la cabeza en el respaldo del asiento mientras intentaba asimilar los resultados del test de fertilidad que acababan de darle.

–Todo es absolutamente normal –le había dicho el especialista–. Puede que la prueba que se hizo en el pasado fallara. En estos últimos años han mejorado mucho, mientras que antes solían dar resultados dudosos.

Ya no valía la pena arrepentirse de no haber ido a ver a un médico hacía años. Una mezcla de inmadurez y orgullo herido le había llevado a la conclusión de que el bebé de Sienna era de Danny, después de que este le dijera que habían sido amantes.

Pero que pudiera ser padre, no significaba automáticamente que fuera responsable del presente embarazo de Sienna. Aun así, había sido su insistencia en que el test que se había hecho en el pasado tenía que estar mal lo que lo instó a ir a ver a un médico. Había tenido la convicción de que una nueva prueba demostraría que era estéril y, consecuentemente, que Sienna era una mentirosa. Pero no había sido así, y por primera vez en su vida, Nico no sabía qué hacer.

Con el paso de los días, la reacción de Sienna al acusarla de haberse acostado con Danny había sido tan fiera, tan convincente, que Nico había empezado a dudar de que hubiera sido una actuación. Pero eso solo podía significar que Danny había mentido.

Se pasó los dedos por el cabello. Jamás había dudado de Danny, pero la expresión angustiada de Sienna no se le iba de la mente. Sabía que había sido innecesariamente cruel con ella al echarla de su casa. ¿Y si el bebé sí era suyo? Apretó los dientes al recordar sus últimas palabras: «Ni me verás a mí, ni conocerás a tu hijo».

¡Dio! Tenía que hablar con Danny urgentemente.

El ático de Danny estaba cerca de las oficinas centrales de De Conti Leisure en Londres. Nico había creado un puesto de dirección para su hermano, que apenas tenía que hacer otra cosa que dedicarse a las relaciones públicas y solo cuando quería. A veces Nico temía haber contribuido a que su hermano se hubiera vuelto tan egoísta como su madre, pero era tan pequeño cuando sus padres se divorciaron que él se había dedicado a protegerlo toda su vida y a evitarle cualquier conflicto.

–¿Qué te trae por Londres? –preguntó Danny tras ofrecerle una cerveza–. ¿Estás viendo a Sienna? Reconozco que me extrañó que la invitaras a la boda.

–¿Te molestaría que estuviéramos viéndonos?

–¡Claro que no! ¿Por qué iba a molestarme? –replicó Danny, pero esquivó la mirada de su hermano.

–Ella niega que os acostarais hace diez años. ¿Es verdad o no?

–¿Qué más da a estas alturas?

–Solo por curiosidad –dijo Nico con una deliberada calma.

Entonces Danny se encogió de hombros.

–Está bien: no fui muy exacto al decirte que nos habíamos acostado.

Nico sintió que se le desplomaba el corazón; porque Danny le hubiera mentido, pero más aún por lo mal que se había portado con Sienna. *¡Madre di Dio!*

No solo ella no había mentido, sino que era muy posible que él fuera el único hombre con el que se había acostado y el padre del bebé que estaba esperando.

–¿Por qué me mentiste? –preguntó a Danny, tratando de contener su ira.

Pero aunque la mentira de Danny le hubiera costado su matrimonio, él era el único responsable de lo que había sucedido. Al no confiar en Sienna había abierto un abismo entre los dos.

–Sabía que no soportarías la idea de que Sienna hubiera sido antes mía –masculló Danny–. Tú lo tenías todo, Nico. Eras el heredero y yo el segundón. Sienna me gustaba muchísimo, pero en cuanto tú apareciste, se olvidó de mí. Hasta entonces ninguna chica te había interesado especialmente, pero con Sienna fue diferente porque te enamoraste de ella.

Nico guardó silencio. Tras una pausa Danny continuó con amargura:

–Me di cuenta de que Sienna era tu debilidad. Fue una estupidez, pero me sentó bien que sintieras celos de mí cuando te dije que nos habíamos acostado. Pero era mentira. Sienna te adoraba. Supongo que ella misma te diría la verdad cuando se lo preguntaste.

–Nunca dudé de ti –dijo Nico, conteniéndose a duras penas–. No se me ocurrió que me mintieras.

El sentimiento de haber sido traicionado le produjo un ardor en el pecho. Se presionó el puente de la nariz mientras intentaba poner en orden sus pensamientos, y evocó la imagen de Sienna, llorosa y abatida, cuando la había echado de su casa.

¡Qué demonios había hecho!

No había sabido nada de ella en las últimas tres

semanas. Si el bebé era verdaderamente suyo, ¿no lo habría llamado ya por medio de sus abogados? Tampoco había pedido una prueba de paternidad, lo que podía significar que Sienna se había acostado con otro hombre por las mismas fechas y que no estaba segura de quién era el padre.

Tenía que averiguar la verdad. Y si de verdad era su hijo, lo reconocería como su heredero. Al contrario que su padre, él no sería un irresponsable, capaz de tener hijos ilegítimos y olvidarse de ellos. Afortunadamente, había heredado el sentido del honor y del deber de su abuelo.

Sienna dirigía su negocio desde un laboratorio en Camden. La puerta estaba abierta y cuando Nico entró, la recepción estaba vacía. Era tarde y supuso que el personal se habría marchado. Pero al abrir la puerta del laboratorio vio a tres personas alrededor de una gran mesa en la que había varias botellas y frascos con crema. En cualquier otra ocasión, le habría interesado la arquitectura del edificio victoriano, pero en aquel momento solo tuvo ojos para Sienna.

Era tan hermosa... aunque Nico había memorizado sus facciones, siempre le sorprendía el impacto que le producía verla.

Deslizó la mirada por su cuerpo en busca de señales de su embarazo, pero con unos vaqueros negros ceñidos y un jersey blanco, parecía estar más delgada que unas semanas atrás. Nico se quedó paralizado al pasársele por la cabeza la posibilidad de que hubiera perdido al niño.

El corazón de Sienna se detuvo una fracción de segundo al ver a Nico, pero al instante compuso una expresión de indiferencia que lo irritó aunque supiera que se la merecía.

Las dos mujeres que estaban con Sienna se volvieron hacia él al oír que entraba, pero siguieron empaquetando frascos en cajas. Sienna lo miró con fiereza, como si quisiera darle a entender que no era bienvenido, pero Nico no pensaba ir a ninguna parte hasta obtener la respuesta que buscaba.

Sienna miró la hora y dijo a las mujeres:

–Carley y Liz, por hoy hemos terminado. Gracias por quedaros hasta tarde. El mensajero recogerá las cajas a primera hora de la mañana.

Cuando se quedaron solos, miró a Nico a los ojos. Este notó que respiraba agitadamente y saber que la alteraba le hizo sentirse culpable.

–No sé qué haces aquí. Márchate –dijo ella con frialdad.

–Tenemos que hablar.

–Yo no tengo la más mínima necesidad de hablar contigo –dijo Sienna sarcástica–. Si no recuerdo mal, la última vez me dijiste que no querías volver a verme.

No mencionó al bebé. Nico la estudió y vio que tenía ojeras, de lo que dedujo que estaba durmiendo tan mal como él.

–¿Deberías estar trabajando tan tarde en tu estado? –masculló.

–¡Como si te importara lo que me pase! –respondió Sienna con una amargura que Nico jamás había oído en sus labios–. Dejaste tus sentimientos muy claros respecto a mí y a tu hijo.

Así que seguía habiendo un bebé. Con la voz cargada de una emoción que no habría podido definir, Nico dijo:

–Ahora sé que Danny mintió. Tenías razón: estaba celoso y quiso hacerme daño.

–Has tardado tres semanas en hablar con él… Reconozco que incluso me sorprende que te hayas molestado.

Sienna miró a Nico con una rabia que habría hecho que un hombre con menos determinación se diera por vencida. Y en cierta medida, la furia de Sienna lo había desconcertado. Pero se dio cuenta de que seguía sin asumir que ya no era la adolescente con la que se había casado hacía diez años. No le iba a ser tan sencillo ganarse de nuevo su confianza.

La mujer que lo observaba en aquel momento con suspicacia, era una leona protegiendo a su cría. Se llevó la mano al vientre en un gesto maternal inconsciente y Nico se sintió mortificado al recordar que lo había rechazado. A sus dos hijos, recordó cuando Sienna siguió hablando.

–¿Cómo pudiste creer que Luigi no era tu hijo? Al pobre ángel se le negó la vida y el afecto de su padre. Nunca te lo perdonaré.

Nico dudaba que alguna vez llegara a perdonarse a sí mismo. Nunca le había contado a nadie que durante días fue a visitar la tumba de Luigi y allí se había entregado a su dolor. Siempre se había sentido culpable por el poco entusiasmo que había mostrado cuando Sienna le había anunciado que estaba embarazada. No se había considerado preparado para ser padre, pero con el paso de los días, se había ido sintiendo entusiasmado con la idea. Perderlo había sido un duro golpe. Más tarde, cuando creyó que Luigi no era su hijo, dejó de ir al cementerio.

Pero en aquel momento no tenía sentido decirle a Sienna cuánto se arrepentía de sus errores pasados. Debía convencerla de que podía rectificar los del presente.

–Sé que Luigi era mío y estoy dispuesto a creer que soy el padre del bebé que estás esperando.

–¡Qué generoso! –dijo ella burlona–. Supongo que quieres decir que quieres confirmarlo con una prueba de paternidad –añadió con una risa sarcástica.

Y no se equivocaba. Pero esa idea había desaparecido de la mente de Nico en cuanto la había visto y se había dado cuenta de que confiaba en ella plenamente.

–Entérate, Nico: me da lo mismo que creas o no que es tu hijo. Nunca vas a formar parte de su vida.

–¿Mi hijo? ¿Sabes que es chico?

Sienna se tensó al ver que se acercaba.

–Sí, es chico –musitó–. Pero dices que eres estéril, así que debo de estar embarazada de uno de mis muchos amantes –en aquella ocasión, el tono sarcástico no consiguió enmascarar su dolor.

–Me dijiste que había sido tu único amante, pero aunque hubieras tenido otros, te creo cuando dices que este bebé es mi hijo.

–Me da lo mismo lo que creas –dijo ella.

Intentó alejarse de él, pero Nico se adelantó para atraparla contra la mesa.

–Me he hecho otra prueba de fertilidad y no tengo ningún problema. La que hice hace años dio un resultado erróneo.

Sienna sacudió la cabeza.

–Así que basándote en un test equivocado y en las mentiras de tu hermano me juzgaste por un crimen que no había cometido –Sienna sacudió el brazo cuando Nico fue a posar la mano en él–. Me dijiste que desapareciera de tu vida y lo he hecho. No sé a qué has venido ni quiero saberlo.

A Nico le fascinó el centelleo de sus ojos, tan refulgente como los rayos que habían iluminado el cielo durante la tormenta eléctrica que había tenido lugar la noche de la boda de Danny, la noche en la que habían concebido a su hijo. Y supo que solo podía actuar de una manera. Tomó a Sienna por la barbilla y le alzó el rostro para que lo mirara a los ojos.

–He venido a pedirte que te cases conmigo.

Capítulo 9

SIENNA rio a carcajadas a pesar de que Nico permaneció serio, cuando era evidente que se trataba de una broma de mal gusto.

–Me alegro de que no te opongas a la idea–dijo él desconcertado por la reacción de Sienna.

–¿Que no me opongo? –Sienna giró la cara para que le soltara la barbilla–. Nico, no pienso volver a casarme contigo. Jamás.

–¿Por qué no? –preguntó él con calma.

–¿De verdad necesitas preguntarlo? ¿Por qué íbamos a ser tan idiotas como para repetir el error que cometimos hace diez años? Yo ya no soy una jovencita aterrada por el mal carácter de su padre, y tú no estás bajo la presión de tu abuelo de cumplir con tu deber y reconocer a tu hijo –apretó los puños para dominar las emociones que la asaltaban–. Márchate, Nico, vete al infierno. Déjanos en paz a mí y a mi hijo.

–También es mi hijo, *cara.*

–Cállate –Sienna odiaba la manera en que se derretía cada vez que él le hablaba con ternura.

–Sé que actúe mal en Italia, pero quiero dejarte algo claro. Puede que ahora me odies –dijo Nico con una arrogancia que hizo que Sienna rechinara los dientes. Que no lo odiara la enfurecía aún más.

La había tratado espantosamente y no pensaba dejarse conquistar por su encanto. Ese había sido el problema en el pasado: siempre se lo había puesto fácil, nunca había tenido que luchar por ella. Había actuado como un cachorro desvalido.

Pero el hecho irrefutable era que esperaba el bebé de Nico.

–Si crees que voy a acceder a hacerme una prueba de paternidad mientras esté embarazada, estás muy equivocado –dijo con aspereza–. Es un procedimiento invasivo y me niego a poner en riesgo al bebé. Y más aún, cuando solo hay un resultado posible. Tú eres el padre, y si es verdad que quieres formar parte de la vida de tu hijo, no pondré objeciones. Pero eso no significa que tengamos que casarnos, especialmente cuando ya lo hemos probado y ha sido un desastre.

–Entonces ¿qué propones? –le espetó Nico.

El oscuro brillo de sus ojos indicó a Sienna que estaba enfadado. Pero también lo estaba ella. Sin embargo, no podía negar el impacto que le había causado verlo de nuevo cuando estaba convencida de que no volverían a encontrarse. De pronto se sintió exhausta. Llevaba despierta desde la cuatro de la mañana, preocupada por cómo iba a poder cuidar de su hijo y seguir dirigiendo la compañía, y había tenido un día largo y agotador en el trabajo.

–Me voy a casa –dijo, empujando a Nico para pasar–. Lo mejor será que vuelvas a Italia. Cuando nazca el bebé te avisaré para qué decidas qué papel quieres jugar en su vida.

Tras un tenso silencio, Nico dijo:

–Te llevo a casa. Mi coche está cerca.

Cuando salieron estaba lloviendo y al ver que el chófer abría la puerta del coche, Sienna decidió que no tenía sentido calarse por puro orgullo.

–Siga por la calle principal cerca de un kilómetro, vivo en un apartamento encima de un kebab –le indicó al conductor.

Nico se sentó a su lado y masculló:

–No voy a consentir que el futuro vizconde de Mandeville pasé sus años formativos viviendo encima de un kebab.

Se inclinó hacia adelante, le dijo algo al chófer y unos segundos más tarde se cerró la pantalla que lo separaba de la parte trasera. Sienna se deslizó hacia la puerta para alejarse de Nico y protegerse de los recuerdos que despertaba en ella la fragancia de su loción de afeitado. Odiaba ser tan consciente de su proximidad, la debilidad y la estúpida esperanza que prendía en ella porque Nico hubiera dejado de despreciarla al saber que no le había mentido.

El suave ronroneo del coche la adormiló, pero cuando se detuvieron en un semáforo y miró por la ventana, no reconoció la calle en la que estaban.

–Este no es el camino a casa.

–He pedido que nos preparen la cena en mi hotel –dijo Nico con frialdad–. Quiero que hablemos como adultos sobre qué vamos hacer cuando nazca el niño. Él es inocente de todo esto –añadió antes de que Sienna protestara.

Sienna lo maldijo por tener razón. Por supuesto que también ella quería lo mejor para el niño, y eso significaba dejar a un lado el rencor que sentía hacia Nico e intentar establecer con él una relación cordial.

–No estoy vestida como para cenar en un hotel de cinco estrellas –musitó cuando el coche se detuvo a la puerta.

–Estás preciosa, como siempre, Sienna –dijo Nico, tomándole la mano como si temiera que fuera a escapar.

«No caigas bajo su hechizo», se advirtió Sienna al tiempo que él la guiaba hacia el vestíbulo.

De no haber estado tan hambrienta, se habría resistido más, pero estaba un poco mareada y sabía que era debido a que tenía bajos los niveles de azúcar.

–¿No vamos a cenar aquí? –preguntó cuando Nico pasó de largo la entrada al restaurante.

–Vamos a mi suite para poder hablar con la intimidad que precisamos –contestó él, entrando en el ascensor.

–Mientras solo pretendas hablar…

Sienna se ruborizó a ver que Nico fruncía el ceño, y se arrepintió de hacer un comentario provocativo aunque hubiera sido solo una forma de defenderse de lo que le hacía sentir.

Mientras que a ella seguía perturbándole su presencia, no estaba segura de que Nico siguiera sintiéndose atraído por ella. Aunque el embarazo apenas se le notaba, era consciente de los cambios que había sufrido su figura: la cintura se le había ensanchado y tenía los senos más llenos.

–No pienso asaltarte en cuanto estemos a solas –comentó él con una rudeza que en lugar de tranquilizarla, la inquietó.

La suite del ático era extraordinariamente moderna, con colores apagados y mucho cristal negro y acero plateado. Había una mesa preparada para dos, y un mayordomo les sirvió la cena. Sienna se acordó de la noche que Nico había aparecido en su hotel de York y habían hecho el amor hasta el amanecer. En aquel momento era como si hubieran pasado siglos desde que se creyó capaz de mantener relaciones con él sin implicarse emocionalmente. Y la consecuencia de aquella pasión era que habían concebido un hijo que los mantendría unidos el resto de sus vidas.

Cuando el mayordomo se fue, se puso nerviosa, pero Nico no parecía tener prisa por hablar y le dejó disfrutar de la deliciosa comida. Bebió vino y le rellenó el vaso de agua antes de preguntar:

–¿Te estás cuidando?

Sienna asintió.

–La semana pasada me hicieron una ecografía; fue cuando me anunciaron que era un niño. Dicen que estoy muy bien y que tengo un magnífico embarazo –comentó–. Tuve suerte de no sufrir demasiadas náuseas matutinas, aunque de haberse encontrado peor, me habría dado cuenta antes de que estaba embarazada –se quedó callada al recordar la reacción de Nico a la noticia.

Había actuado de una manera tan espantosa y había dicho unas cosas tan horribles que dudaba que pudiera llegar a olvidarlas si es que alguna vez llegaba a perdonarlo.

Se obligó a volver al presente y miró a Nico, intentando adivinar qué estaba pensando. Había una distancia entre ellos mucho mayor que la del tamaño de la mesa que los separaba. Y no estaba segura de cómo sortearla; ni siquiera de si quería hacerlo.

–Solo puedo pasar unos días en Inglaterra. Quiero que vengas conmigo al lago Garda –dijo él súbitamente–. Haré que el mejor obstetra de Italia supervise el resto de tu embarazo.

Nico apretó los dientes al ver que Sienna negaba con la cabeza.

–Quiero apoyarte mientras estés embarazada y una vez nazca el niño, pero será imposible si vivimos en sitios distintos. Lo más lógico sería que nos casáramos lo antes posible.

–¿Qué lógica puede tener un matrimonio que ninguno de los dos queremos? –preguntó Sienna frustrada.

Las facciones de Nico se endurecieron.

–No pienso tener un hijo ilegítimo.

–No puedes obligarme a casarme contigo.

–¿Has olvidado que pagué un millón de dólares para rescatarte?

Sienna dejó escapar un gemido ahogado, una mezcla de rabia por la arrogancia de Nico y de temor al darse cuenta de que estaba dispuesto a jugar sucio.

–Conseguiré devolverte el dinero sea como sea –dijo airada–; aunque tenga que trabajar veinticuatro horas al día.

–Cuando nazca el niño tendrás que dejar de trabajar. ¿O es que piensas llevarlo a una guardería en cuanto cumpla una semana de vida para poder seguir con tu carrera profesional?

–Tú tienes una carrera. ¿Por qué no puedo tenerla yo? –replicó ella–. Puede que, comparada con la tuya, mi empresa sea modesta, pero la empecé con un pequeño préstamo del banco y he conseguido beneficios en poco tiempo.

–Lo que quiero decir es que si fueras mi esposa no necesitarías trabajar.

Sienna resopló exasperada.

–No hay manera de que lo entiendas: quiero ser económicamente independiente. Mi madre permaneció con mi padre a pesar de que era un borracho y un matón porque dependía de él. No tenía ni formación ni la posibilidad de forjarse una carrera. Precisamente por eso yo estudié y puse en marcha un negocio.

Nico frunció el ceño.

–No quería decir que tuvieras que cerrar la empresa. Si te casas conmigo, podremos emplear a una niñera para que puedas seguir trabajando.

Sienna se masajeó las sienes. Lo cierto era que no sabía cómo iba a compaginar la maternidad y el trabajo. Además la asediaban los fantasmas de la pérdida de su primer bebé y a veces temía que el embarazo no llegara a buen fin.

–¿Me pedirías que me casara contigo si estuviera esperando una niña?

–Por supuesto. El sexo de nuestro bebé me es indiferente –Nico vaciló antes de continuar–: Pero sí es relevante que sea niño. A principios del siglo pasado, el quinto vizconde de Mandeville introdujo una cláusula por la que solo el primogénito legítimo hereda el título y la propiedad de Sethbury. El bebé que llevas en tu vientre solo puede heredar si estamos casados. ¿Le negarías a nuestro hijo sus derechos de nacimiento, Sienna?

–Todavía no ha nacido –Sienna miró el mantel mientras intentaba contener las lágrimas.

No se creía capaz de superar la pérdida de otro bebé. Una parte de ella tenía la tentación de dejar que Nico tomara las riendas. Si se casaban, todas sus preocupaciones materiales se disiparían. Para Nico, sería un matrimonio de conveniencia por el bien del niño, igual que diez años atrás. Pero igual que entonces, para Sienna eso no era suficiente.

Tomó la taza de té de jazmín que Nico le había servido al final de la cena y la llevó a la mesa de delante de un sofá, en el que se sentó dando un profundo suspiro. Se sentía súbitamente exhausta y cerró los ojos. En unos segundos le pediría que la llevara a casa.

Sienna despertó de un profundo sueño y se desperezó diciéndose que había dormido mejor que en varias semanas. Ni siquiera recordaba cómo había vuelto a su apartamento ni haberse puesto el pijama. Su mano tocó algo cálido y sólido que se parecía asombrosamente a un cuerpo masculino. Giró la cabeza hacia el lado y el corazón le saltó en el pecho al encontrarse con un par de ojos azules.

–¿Qué haces en mi cama...? –miró alrededor y se dio cuenta de que estaba en la suite de Nico.

–*Buongiorno, cara* –la saludó él.

Sienna se incorporó y vio que estaba en bragas y sujetador. Tirando de la sábana para cubrirse, preguntó

–¿Me desnudaste tú?

–Te quedaste dormida en el sofá y me pareció una crueldad despertarte.

–¡Qué bueno eres! –dijo Sienna, sarcástica. Fue a mover la pierna, pero descubrió que estaba atrapada por el muslo de Nico. Un pensamiento perturbador se le pasó por la cabeza–: ¿Hicimos…?

Nico se puso serio.

–No, no hicimos el amor. ¿Me crees capaz de tener sexo contigo sin tu consentimiento?

Sienna supuso que eran imaginaciones suyas que pareciera herido. Nico se levantó y ella no supo si sentirse aliviada o desilusionada al ver que llevaba los boxers puestos.

–No, no te creo capaz de eso –masculló ella.

Nico exhaló lentamente.

–Me he aguantado incluso cuando te has acurrucado contra mí y has acariciado todo mi cuerpo –hizo una pausa y añadió enfáticamente–: Todo.

–Eso no es verdad –gimió Sienna al recordar que había tenido un sueños erótico con él y preguntarse si no habría sido verdad

Se sentía tan avergonzada que evitó mirarlo. Él se inclinó y le alzó el rostro por la barbilla.

–Aunque te niegues a admitirlo, tu subconsciente sabe lo que quiere –dijo con ojos centelleantes–. Siempre ha habido fuego entre nosotros.

–Se llama lujuria –musitó ella.

–Llámalo como quieras. Pero es excepcional. Yo no he experimentado esa pasión con nadie más, y tú tampoco, o habrías tenido otros amantes.

–He salido con algunos hombres.

Sienna no quería que pensara que había vivido como una monja desde el divorcio, aunque fuera prácticamente verdad.

–Pero no les entregaste tu cuerpo porque eres mía –gruñó Nico.

La posesividad que tiñó su voz hizo estremecer a Sienna mientras veía sus labios descender hacia ella. ¿Por qué no protestaba? ¿Dónde estaba su orgullo?, le preguntó una voz interior. ¿Iba a dejarle que la besara?

Y eso fue lo que Nico hizo sin que ella ofreciera la menor resistencia. Su cálido aliento acarició sus labios y Sienna asumió que se apoderaría de ellos con la misma fiereza que había teñido su voz. Pero el beso fue tan suave como el terciopelo. Delicado, casi reverente y como un bálsamo para las heridas que le habían causado sus crueles en injustas acusaciones.

Sienna ni pudo ni quiso resistirse. Alzó las manos hacia su cabello y se lo acarició antes de explorar su rostro con las manos. Descansó la cabeza sobre las almohadas y abrió los labios a la invasión de su lengua. Entonces Nico alzó la cabeza y ella no pudo ni hablar, ni pensar ni moverse, aun sabiendo que debía hacer las tres cosas.

Aturdida, esperó a que Nico se burlara de tenerla a su merced, pero la desconcertó al decir:

–Comentaste que querías abrir una tienda de Fresh Faced en París. ¿Has encontrado un local adecuado?

Sienna recordó que había retrasado aquel viaje por ir con él a la fiesta en villa Lionard.

–No, he estado ocupada. El plan a largo plazo es abrir un laboratorio en Europa central y que mi ayudante, Carley, se quede al cargo del de Londres. Pero eso tendrá que esperar a que nazca el niño.

–¿Y por qué no abrirla en el norte de Italia? Mi

despacho está en Verona y quiero que nuestro hijo crezca en lago Garda. Tú hablas italiano, así que sería la solución perfecta.

Sienna se dijo que era una idea digan de ser tenida en cuenta. Miró a Nico mientras este se ponía unos pantalones y una camisa. Cuando fue al baño, Sienna vio su ropa en el respaldo de una silla y saltó de la cama para vestirse antes de que él volviera. Pero estaba en medio de la habitación cuando Nico salió del cuarto de baño, y se paró en seco.

–No me mires –dijo, ruborizándose–. Estoy enorme.

–Estás preciosa –Nico se acercó a ella con tal expresión de deseo que Sienna sintió una cálida humedad entre los muslos–. A los hombres italianos nos gustan las mujeres voluptuosas, *cara*. Pero necesitas un sujetador nuevo –añadió con picardía, acariciando la marca que le había hecho la copa del sujetador al clavársele en la piel–. O mejor aún, quitártelo del todo –musitó él, soltándole el cierre antes de que Sienna adivinara qué iba a hacer.

Liberada de la apretada prenda, Sienna tomó aire y lo contuvo cuando Nico le pasó el dedo por un pezón. El embarazo le había dejado los pezones extremadamente sensibles e, instintivamente, pensó cuánto le gustaría que Nico la echara en la cama y le hiciera el amor. Pero la consciencia de que el embarazo era la única razón por la que Nico había ido a buscarla fue una sacudida de realidad. Nico quería a su hijo y le interesaba tenerla contenta por medio del sexo. Enfureciéndose consigo misma por permitir que tomara el control, se separó de él, se puso los pantalones y el jersey y se calzó las botas.

–Hay un local que podría ser ideal para que te instalaras –dijo Nico con frialdad–. Tienes el resto de la semana para organizar a la ayudante que vas a dejar al cargo en Londres, antes de venirte a vivir a villa Lionard.

–No he accedido a vivir en la villa; solo he dicho que me pensaría lo de abrir un laboratorio en Italia –Sienna se mordió el labio al ver la expresión de determinación de Nico–. No me presiones. Después de cómo me trataste, deberías agradecerme que esté dispuesta a compartir contigo la custodia de nuestro hijo.

–¿Pondrías tu orgullo por delante de su bienestar? –dijo él–. Si fuera necesario, un juzgado tendrá la última palabra de con quién debe crecer; y la decisión se basará en cuál de los dos puede proporcionarle más estabilidad y seguridad.

–¿Quieres decir que vas a pedir la custodia del niño? –preguntó Sienna indignada.

–Confío en que no me obligues a hacerlo –dijo Nico impasible–. Pero pienso hacer lo que sea necesario para que viva conmigo y crezca en Italia.

–Eres un completo bastardo –exclamó Sienna, y corrió hacia la puerta para huir antes de que la viera llorar.

Pero Nico la sujetó por el brazo y la hizo girarse hacia él.

–Piensa de mí lo que quieras. Pero nadie va a llamar a mi hijo bastardo –dijo ásperamente–. Te vas a casar conmigo, Sienna. Te aconsejo que no me hagas esperar demasiado.

Capítulo 10

LAS DOS docenas de rosas habían llegado aquella tarde y su sensual fragancia impregnaba el laboratorio a pesar de que Sienna las había dejado en la recepción para quitarlas de su vista,

La tarjeta que las acompañaba solo llevaba la firma de Nico. No sabía si con ellas quería disculparse o intentar conquistarla. El viaje del hotel de Nico a su apartamento se había producido en un tenso silencio y él la había dejado mascullando algo al ver el kebab.

Al día siguiente, había llegado al laboratorio un ramo de flores variadas.

–A mí me parece muy romántico que Nico quiera reconciliarse contigo –dijo Carley al final de la semana, cuando llegó una preciosa orquídea y habían agotado todos los jarrones.

–Es solo por testarudez –mascculló Sienna–. Nico no soporta un «no» por respuesta.

–¡Qué bien me conoces, *cara*!

Una voz familiar y perturbadora le llegó a Sienna desde la entrada. Se giró y vio a Nico avanzar hacia ella. Llevaba unos vaqueros gastados y una cazadora vaquera. Unas gotas de lluvia que se retiró con la mano brillaban en su cabello. Cuando los presentó, Sienna vio que Carley se quedaba boquiabierta. Era injusto que Nico fuera tan increíblemente guapo.

–Será mejor que pasemos al despacho –dijo, indicando la puerta–. ¿Estás aquí por trabajo o… placer? –preguntó sonrojándose.

–Siempre es un placer verte, Sienna –masculló él–. He encontrado un local que creo que puede gustarte y quiero que lo veas.

–¿En Italia? –preguntó Sienna con el ceño fruncido–. ¿Cuándo tendría que ir?

Durante la última semana había llegado a la conclusión de que abrir un local en Italia tenía sentido para el negocio y para poder combinar el trabajo y la maternidad. Sabía que Nico hablaba en serio cuando la amenazó con pelear por la custodia del niño. Pero quizá se conformaría con visitarlo regularmente si ella se instalaba en una casa cerca de villa Lionard.

–El piloto tiene el avión listo para ir a Verona, y el coche nos espera a la puerta –dijo Nico.

Sienna se mordió el labio, enfadada porque una vez más Nico asumiera que podía organizarle la vida. Pero era viernes, el trabajo estaba prácticamente terminado y por primera vez en mucho tiempo, tenía el fin de semana libre.

–Supongo que Carley puede quedarse al cargo el resto del día –dijo a regañadientes–. Pero tengo que pasar por mi apartamento para preparar algo de equipaje.

–No tienes que traer nada. He organizado para ti una cita en Verona con una compradora personal

–dijo Nico. Antes de que Sienna protestara, añadió–: Pronto necesitarás ropa premamá.

Lago Garda en otoño era de una belleza impactante. Los arboles rojos, dorados y bronce se recortaban contra el cielo rosado del atardecer.

Cuando tomaron el camino de acceso a villa Lionard, a Sienna se le formó un nudo en el estómago recordando cómo Nico la había echado de allí hacia un mes.

Y aunque ya estuviera convencido de que el hijo era suyo, Sienna sabía que las flores que le mandaban no eran un gesto romántico de reconciliación. Nico quería a su hijo y ella no era más que una pieza necesaria para conseguir su objetivo... por el momento.

–¿Cuándo vamos a ir a ver el local? ¿Está en Verona? –preguntó ella cuando bajaron del coche.

–Está aquí y puedes verlo ahora mismo –Nico sonrió al ver la cara de sorpresa de Sienna.

La tomó de la mano, pero en lugar de llevarla al interior de la villa, fueron a la parte trasera, hacia lo que en el pasado debía de haber sido un granero. El edifico había sido transformado en un garaje en el que Nico guardaba su colección de coches. Pero cuando lo abrió, no había ningún vehículo.

–Bienvenida a tu nuevo laboratorio –dijo–. ¿Qué te parece?

–Es impresionante –dijo Sienna mirando a su alrededor.

Había una gran superficie de trabajo en el centro

y otros puestos individuales a lo largo de una de las paredes, separados por fregaderos de doble seno. Había numerosos armarios y estantes, así como un par de frigoríficos para conservar los ingredientes perecederos de sus productos cosméticos. En el extremos opuesto, había un gran ventanal con vistas al lago Garda, y en el patio exterior vio varios parterres en los que podría cultivar flores y hierbas aromáticas. Era el local perfecto, pero Sienna no pudo evitar sentirse manipulada por Nico.

–Los albañiles han trabajado toda la semana para acabarlo –dijo él.

–¿Dónde vas a guardar tus coches?

–Voy a venderlos casi todos. Ser padre me hará cambiar de hábitos, pero valdrá la pena.

Sienna se preguntó qué otros hábitos pensaba cambiar. ¿El sexo sin compromiso? ¿Sus amantes?

–No pareces especialmente entusiasmada. ¿Falta algo? –Nico caminó hacia ella mirándola fijamente–. Lo he hecho porque dijiste que querías seguir trabajando después de que nazca el niño.

–Y así es –musitó Sienna.

–Entonces ¿cuál es el problema? –insistió Nico, haciéndole sentir como una niña caprichosa.

–Tú eres el problema –dijo ella con un resoplido de frustración–. El espacio es precioso y te lo agradezco –añadió, a pesar de que estaba más enfada que agradecida–. Pero no lo has hecho para hacerme feliz, sino para que no pudiera negarme a venir a villa Lionard.

Nico frunció el ceño.

–¿Por qué no quieres mudarte aquí? Acordamos que era el mejor sitio para el bebé.

–No acordamos nada. Tú me amenazaste con quitarme al niño.

Nico maldijo entre dientes.

–Estoy intentando encontrar una solución para que los dos podamos ejercer de padres de nuestro hijo.

–Tú siempre quieres las cosas a tu manera –Sienna alzó la voz al no poder contener su irritación–. Crees que mandándome flores y regalándome un local caeré rendida a tus pies como hice en el pasado, pero ya no soy la niña que besaba el suelo que pisabas.

Sienna vio que Nico se quedaba perplejo al oír unas cuantas verdades, pero estaba harta de que creyera que podía organizar su vida a su antojo.

–Cuando nos casamos, estaba tan enamorada de ti que habría hecho cualquier cosa que me pidieras. Pero tú ni me amabas ni confiabas en mí.

–¿Cómo iba a saber que Danny me había mentido?

–Podías habérmelo preguntado.

–Danny es mi hermano.

–Y yo era tu mujer –Sienna no recordaba haberse sentido nunca tan furiosa–. Ni siquiera te has molestado en disculparte por las barbaridades que me dijiste cuando supimos que estaba embarazada.

–Siento lo que te dije –mascullÓ Nico–. Y haber permitido que los celos de mi hermano se interpusieran entre nosotros –miró a Sienna con una fiereza que reflejaba lo difícil que le estaba resultando mantener el dominio de sí mismo

–No hay un «nosotros», Nico –replicó ella. Y se dio cuenta de que en el fondo siempre había mantenido la esperanza de que sí lo hubiera–. Solo es una atracción sexual que se habría apagado si no llego a quedarme embarazada.

–Pero te quedaste –dijo él, dando un paso hacia ella–. Y diez años más tarde, la pasión entre nosotros no se ha apagado ni un ápice.

Sienna sacudió al cabeza, pero Nico siguió aproximándose hasta atraparla contra la superficie de trabajo y colocar las manos a ambos lados de ella. Entonces inclinó la cabeza y le acarició los labios con su aliento. Sienna sintió el corazón acelerársele y el deseo recorrerle las venas. Nico enredó un dedo en su cabello y susurró:

–¿Te gusta que haga esto?

Sienna no pudo sino susurrar:

–Sí.

Y Nico la besó.

Cuando Sienna abrió los labios como respuesta a su beso, Nico sintió un profundo alivio. La intensidad de su furia había sido como una tormenta desatada. Él había llegado a creer que la había perdido para siempre. Y si hubiera sido así, había sido consciente de que él mismo era el único culpable. La había tratado injustamente y Sienna ya no confiaba en él; por eso tenía que lograr convencerla de la firmeza de su compromiso con su hijo y con ella.

Le sujetó el cabello y profundizó el beso, pero Sienna separó sus labios de los de él y con la mirada encendida, dijo:

–El sexo no resuelve nada.

–Comprobémoslo –Nico buscó su boca, pero ella lo esquivó y le mordió el cuello–. ¿Así que quieres jugar?

Le besó el cuello antes de mordisquearle el lóbulo de la oreja. Ella gimió y él atrapó su aliento en su boca, besándola con una creciente avidez al tiempo que le tiraba del cabello.

–Odio lo que me haces sentir –masculló ella, entre el enfado y la vulnerabilidad–. Me odio por reaccionar como una adicta al sexo cuando ni siquiera me caes bien.

–A mí me pasa lo mismo –Nico le tomó la mano y se la puso sobre su sexo endurecido–. Me basta con verte para excitarme. Pero además de desearte, me gustas, Sienna –esa era una verdad ineludible–. Admiro tu carácter independiente, tu determinación y tu espíritu compasivo; y espero que nuestro hijo herede de ti esas cualidades.

Los ojos de Sienna se humedecieron.

–No sé si puedo creerte –dijo con la voz quebrada–. No sé qué hacer contigo.

Nico hizo girar las caderas contra su mano y gimió cuando ella exploró la longitud de su miembro por encima de los pantalones.

–Sabes perfectamente qué hacer conmigo, *cara*.

Sienna llevaba un vestido atado a la cintura. Nico soltó el lazo y le recorrió el cuerpo con manos ávidas; le desabrochó el sujetador y tomó sus senos en sus manos.

–Te han crecido –dijo sin disimular su satisfacción.

El embarazo había hecho su cuerpo más acogedor

y sensual. Nico ansiaba explorar cada una de sus voluptuosas curvas y saborear su piel de vainilla. Agachó la cabeza y tomó uno de sus pezones en la boca, succionándolo antes de pasar al otro y disfrutar con los gemidos de placer de Sienna. Ella exhaló sonoramente cuando Nico la alzó sobre la superficie y sus pupilas se dilataron cuando él le retiró el vestido.

–Si hubiera sabido que llevabas medias no habría tardado tanto en tocarte –murmuró él, pasando los dedos por el encaje de la parte alta de sus muslos.

Las piernas de Sienna estaban espectaculares con el liguero y las medias negras, y el aroma de su excitación embriagó a Nico cuando separó las bragas a un lado y metió la cabeza entre sus muslos.

–Nico –los gemidos de Sienna se intensificaron al acariciarla con su lengua antes de introducir la lengua en su cálida y húmeda apertura.

Sabía a vainilla y a almizcle, y Nico le separó más las piernas para pasarle la lengua por su apretado clítoris.

Sienna se arqueó hacia atrás.

–Oh, Nico, te quiero dentro de mí.

Él lo ansiaba con tal intensidad que le temblaron las manos al bajarse la cremallera y liberar su sexo erecto. Se sentía borracho de deseo. La echó hacia atrás para tumbarla y le quitó las bragas antes de colocarse sobre ella.

–Estás tan húmeda, *cara* –susurró, pasándole los dedos por el sexo ante de chupárselos.

Ella entrelazó las piernas a su cintura a la vez que le abría la camisa y le pasaba las manos por el pecho.

–Ahora –dijo con fiereza–. Te quiero ahora.

Su voracidad lo excitó, y saber que había sido su único hombre le produjo una peculiar presión en el pecho. Sin apartar los ojos de los de ella, se acercó hasta que el extremo de su sexo tocó el de ella, y luego la penetró, controlando cada uno de sus músculos para no perderse en la hoguera que lo consumía.

–*Sei mio* –musitó contra el cuello de Sienna.

Y una alarma saltó en su cerebro. El sentimiento de posesión era una emoción desconocida para él. Sin embargo, cuando se meció y la embistió hasta que los dos alcanzaron el clímax juntos, una voz interior seguía repitiendo: *mine.*

Unos minutos más tarde, cuando su respiración recuperó el ritmo normal, Nico se levantó y se cerró los pantalones. Miró a Sienna, que lo observaba con los ojos entornados.

–Nunca podré trabajar aquí sin pensar en cómo acabamos de usar esta superficie –dijo ella como si se arrepintiera.

–Pero vas a quedarte.

No fue una pregunta sino una afirmación, y aunque Sienna miró a Nico con escepticismo, no dijo nada.

Él la ayudó a bajar y colocarse la ropa antes de tomarla de la mano y salir al patio con ella hacia la casa.

–Puedes mudarte aquí cuando quieras. Deja que te enseñe tu cuarto.

En lo alto de la escalera, tomó el pasillo y abrió la puerta del dormitorio principal. Sienna lo siguió al interior. A Nico no le gustó ver su expresión de desconfianza.

–Esta es tu habitación –dijo ella alarmada.

–De ahora en adelante, será nuestra habitación –Nico la estrechó contra sí y le besó el entrecejo para que dejara de fruncirlo–. Dices que el sexo no arregla nada, pero no estoy de acuerdo.

–Que seamos compatibles en la cama no es una base estable sobre la que construir una relación.

–¿Insinúas que el amor es estable? No lo es, y cuando se acaba y se transforma en odio, las consecuencias para los hijos son mucho peores.

Nico se separó bruscamente de Sienna y fue hacia la ventana. Había oscurecido y las luces de las casas y de los pueblos próximos puntuaban las orillas del lago.

–Me encanta la paz que hay aquí –dijo súbitamente–. A mi madre no le gustaba venir porque se aburría. Tal vez por eso me resulta tan apacible –tras una pausa, añadió–: La primera vez que intentó quitarse la vida yo tenía doce años.

Oyó a Sienna ahogar una exclamación y en el reflejo del cristal vio que se sentaba al borde de la cama.

–No tenía ni idea. Mientras estuvimos casados nunca me hablaste de tu infancia.

–Nunca me ha resultado fácil hablar de ello –Nico apretó los dientes–. De pequeño, no entendía por qué no podía hacer a mi madre lo suficientemente feliz como para que quisiera vivir. Sentía que la había defraudado a pesar de que la verdadera causa de su infelicidad era mi padre. Me culpaba por no estar con ella y poder consolarla. Pasaba casi todo el tiempo en un internado, y para serte sincero... –hizo una mueca–, era un alivio volver al colegio o pasar las vacaciones con mis abuelos aquí, alejado de las peleas de mis padres y del llanto de mi madre.

–Jacqueline no era tu responsabilidad –dijo Sienna con dulzura–. ¿Qué sucedió?

–Danny y yo estábamos pasando el verano en Sethbury Hall. Mis padres ya se habían separado, y mi padre había ido a vivir a París con su última amante –Nico se pasó la mano por el cabello. No sabía por qué, por primera vez en su vida, sentía la necesidad de hablarle a Sienna sobre su infancia–. Mi madre había prometido llevarnos de excursión, pero llegó el mediodía y seguía en la cama. Cuando fui a despertarla, la encontré inconsciente. Estaba pálida y fría y pensé que estaba muerta.

Veinte años más tarde, Nico recordaba ese instante como si hubiera sucedido el día anterior. El horror de tocar la mano inerte de su madre; el escalofrío que lo había recorrido…

–Había tomado una sobredosis y había dejado una nota culpando a mi padre.

–Lo siento –la voz de Sienna sonó cerca y, al volverse, Nico la vio a su lado–. Debió de ser una experiencia espantosa –Sienna entrelazó sus dedos con los de él–. ¿Volvió a intentarlo?

–Una vez, y casi lo consiguió –Nico apretó la pequeña mano de Sienna, que encajaba a la perfección en la suya–. Mi padre le fue constantemente infiel, pero ella lo adoraba. Tenía algo que hacía que las mujeres cayeran rendidas a sus pies.

–De tal palo tal astilla –masculló Sienna en broma

–Yo no soy como él. Disfruto del sexo, pero siempre dejo claro que no voy a enamorarme. Mi padre disfrutaba de que las mujeres se enamoraran de él, jugaban con su afecto y luego las abandonaba. En cierta medida, mi madre no era mucho mejor que él. Creía amarlo, pero en realidad quería poseerlo.

–El matrimonio de mis padres no fue mejor que el de los tuyos –comentó Sienna–. La única diferencia es que, en lugar de discutir, los míos ni siquiera se hablaban. Precisamente por eso no debemos casarnos.

–Al contrario. Sus matrimonios fracasaron por creer que estar enamorados era la garantía de ser felices. Pero el amor es una fantasía, y la realidad es que el matrimonio entre dos personas con los mismos principios y aspiraciones, en nuestro caso, la de ser buenos padres para nuestro hijo, tiene muchas posibilidades de ser duradero.

–Nosotros solo duramos dos años –le recordó Sienna.

–Porque dejamos que los sentimientos lo complicaran todo.

–Los tuyos no, Nico –dijo Sienna con frialdad. Al ver que él fruncía el ceño, añadió–: No te preocupes, ya lo he superado. Pero ¿de verdad quieres un matrimonio sin amor?

Nico no comprendió por qué esa pregunta le encogió el corazón. Por supuesto que quería una relación sin dramas y sin el histrionismo que había marcado el de sus padres.

–Lo más importante para mí es que mi hijo sea legítimo –admitió–. Cuando mi padre murió, descubrí que había tenido varios hijos ilegítimos. Que yo sepa, nunca tuvo ninguna relación con ellos. No sé quiénes son ni cuántos tuvo. Los abogados se ocuparon de las reclamaciones de paternidad y compensaron a las mujeres que las ganaron.

Sostuvo la mirada de perplejidad de Sienna.

–No pienso abandonar a mi hijo. Y sé cuánto ansías tú ser madre. Nuestro hijo se merece que seamos los mejores padres posibles para él, y aunque suene anticuado, estoy convencido de que, por su bien, debemos casarnos –alzó la mano de Siena a sus labios y se la besó–. ¿Qué me dices, *cara*? ¿Quieres ser mi esposa?

Capítulo 11

NECESITO tiempo para pensarlo –Sienna prefirió no hacer caso a la emoción que le había causado la proposición de Nico, aunque solo le ofreciera un matrimonio de conveniencia.

–¿Qué tienes que pensar? –preguntó Nico con impaciencia, estrechándola entre sus brazos–. Podemos hacer que salga bien, *cara*. Los dos somos apasionados y no encontrarás otro hombre que te satisfaga como yo.

Su arrogancia irritó a. Sienna. Pero se sabía lo bastante fuerte por no permitir que la dominara.

–Eres una bruja –susurró Nico antes de reclamar sus labios. Luego alzó la cabeza y mirándola fijamente añadió–: Te juro que no te arrepentirás de casarte conmigo.

Sienna tuvo que hacer acopio de voluntad para no caer en la tentación de ceder.

–Pregúntamelo de nuevo dentro de un mes, una vez hayan pasado las veintidós semanas de embarazo –al ver que Nico la miraba desconcertado, explicó–: No quiero tentar la suerte. La otra vez sufrí el aborto en la semana veintidós.

–¿Eres supersticiosa?

–Tengo miedo –admitió Sienna, desviando la mirada–. Deseo tanto a este hijo que no creo que pudiera soportar perderlo.

Pensó que Nico ahuyentaría sus temores por infundados, pero la tomó por la barbilla para que lo mirara, y con una ternura que le robó el corazón, dijo:

–Todas las pruebas indican que todo va bien. La semana que viene tienes una cita con uno de los mejores obstetras de Italia, que se ocupará de ti el resto del embarazo. Y yo pienso asegurarme de que descansas y comes bien –la tomó en brazos y la llevó a la cama–. Empezando ahora mismo.

Sienna se reclinó en las almohadas y le sorprendió ver que se echaba a su lado, sobre las sábanas. Era tan guapo, pensó Sienna…. Y cuando sonreía como en el aquel instante casi podía creer que un segundo matrimonio con él podía funcionar.

–¿Tú también tienes que descansar? –musitó, metiendo los dedos por debajo de la cintura del pantalón–. Porque yo no estoy cansada.

Los ojos de Nico brillaron con picardía a la vez que le levantaba el vestido a la cintura y decía:

–En ese caso tendremos que entretenernos haciendo algo antes de la cena.

Pasó una semana. Y otra…. Sienna estaba tan ocupada contratando personal y organizando el nuevo laboratorio que se olvidó de sus dudas respecto a mudarse a villa Lionard. El otoño avanzaba hacia el invierno, y Nico parecía decidido a establecer una base sólida para su relación. Se interesó en su negocio y le aconsejó sobre estrategias de marketing. Sienna había sentido un inmenso alivio al saber que el golpe de Estado en Tutjo había fracasado, y que las mujeres de la cooperativa estaban a salvo.

La primera gran nevada de invierno, cubrió las cimas de las montañas. Desde el laboratorio, Sienna podía ver un par de veleros en el lago. Hacía un aire frío y terso.

El sonido de un coche en el patio le aceleró el corazón. Nico llevaba dos días en un viaje de trabajo, y aunque habían hablado a menudo, estaba ansiosa por verlo.

–Nico –Sienna se echó en sus brazos y él la besó.

–¡Qué gran recibimiento! –musitó–. Has debido de echarme de menos –dijo sin poder ocultar su satisfacción.

Y Sienna se dijo que debía de haber disimulado su entusiasmo.

–He estado tan ocupada que apenas me he dado cuenta de que no estuvieras –comentó con indiferencia. Y se dijo que la expresión que puso Nico no podía ser de desilusión.

Entones notó un movimiento en su interior y tomando la mano de él se la puso en el vientre. Llevaba más de un mes en la villa y se había sentido exultante cuando sobrepasó las veintidós semanas de embarazo. Una ecografía dos días antes había indicado que el niño crecía a buen ritmo y con un corazón fuerte. Y Sienna por fin se había atrevido a elegir el color de su habitación.

–¿Lo notas? –preguntó a Nico. Y sonrieron cuando el bebé dio una patada.

–Ven conmigo. Quiero enseñarte una cosa –Nico le pasó el brazo por los hombros y cruzaron el patio.

A Sienna le encantaba el compañerismo que había surgido entre ellos en aquellas semanas y los esfuerzos que ambos estaban haciendo para dejar atrás el pasado.

–Creía que ibas a estar fuera un día más –dijo cuando entraron el salón y Nico añadió un leño al fuego de la chimenea.

–He adelantado el trabajo para poder volver hoy mismo a tu lado –respondió él.

Y el corazón de Sienna dio un salto porque supo que lo decía de verdad. Nico abrió un maletín y sacó un paquete que le pasó. Sienna lo abrió y dio un grito de alegría al ver que era una fotografía enmarcada de la ecografía de su hijo,

–¡Gracias!

–Ahora cierra los ojos y abre la boca –dijo Nico.

–¿Para qué?

–Tienes que confiar en mí, *cara*.

Sienna abrió la boca obedientemente, y se dio cuenta de hasta qué punto había empezado a confiar en él. Al notar en la lengua sabor a chocolate suspiró de placer.

–Adoro el chocolate –musitó, abriendo los ojos.

–Lo sé. Y los gatitos y los orangutanes huérfanos –dijo Nico, bromeando.

Sienna rio.

–El director del refugio para orangutanes de Borneo te está muy agradecido por la donación que hiciste después de que viéramos el documental en la televisión.

Sienna miró a los dos gatitos que dormían delante de la chimenea. Nico los había llevado a la villa después de que ella le dijera que siempre había querido tener un gato. Charlie y Tiggs eran un par de bolitas adorables y juguetonas.

Irse de villa Lionard empezaba a resultarle inconcebible. Empezaba a sentirla como su hogar y a medida que pasaban los días, era consciente de que su amor por Nico se intensificaba.

–Tengo otra sorpresa, pero tendrás que esperar a mañana. No te enfurruñes o tendré que besarte y ya sabes cómo acabamos –dijo él, besándola.

–¿Seguro que no puedo convencerte de que desveles el secreto? –preguntó ella a la vez que le pasaba la mano por la abultada bragueta.

Nico la echó sobre el sofá.

–Mis labios está sellados, pero no pongo objeción a que lo intentes, *cara mia*.

–Sé que te ofreciste a enseñarme a esquiar, pero no sé si es lo más adecuado cuando estoy embarazada de cinco meses –dijo Sienna al día siguiente, cuando iban en coche y vio que tomaban la carretera del monte Baldo.

Nico rio.

–No vamos a esquiar, pero sí a subir en teleférico a lo alto de la montaña.

–¿Por algún motivo en particular?

Nico la miró con lo que Sienna interpretó como nerviosismo.

–Enseguida lo sabrás –dijo él.

Tomaron el teleférico en el pintoresco pueblo de Malcesine.

–La cabina gira al tiempo que asciende y proporciona una vista de trescientos sesenta grados del lago y la montaña. En un día claro como hoy, es espectacular.

–Es impresionante –dijo Sienna–. Nunca he visto nada tan hermoso.

–Yo tampoco –dijo Nico.

Pero no estaba mirando la vista, sino a ella. Y a Sienna se le paró el corazón al ver que sacaba del bolsillo del abrigo una caja pequeña de terciopelo. La abrió y sacó un anillo con un zafiro ovalado rodeado de diamantes.

–¿Te quieres casar conmigo, Sienna?

Sienna sintió el corazón golpearle el pecho. Nico no había vuelto a mencionar el matrimonio. Y durante aquel tiempo, ella había llegado a la conclusión de que no podía negar a su hijo sus derechos de nacimiento. Aunque Nico no había hablado de amor, su relación era más estrecha y Sienna quería creer que le importaba sinceramente. Su corazón anhelaba más, pero había aprendido que no siempre se tenía lo que uno quería. Y quizá con el tiempo Nico llegaría a amarla como ella lo amaba a él: con toda su alma.

–Sí –le tembló la mano cuando Nico le puso el anillo.

Le quedaba a la perfección, como si le perteneciera, igual que su corazón pertenecía a Nico.

En un arranque de optimismo, quiso creer que era cuestión de tiempo que Nico se enamorara de ella. El tiempo y la paciencia estaban de su parte. Una vez se casaran, se dedicaría en cuerpo y alma a derribar sus defensas.

Alzó la mano y observó el anillo. Sonriendo, dijo:

–Dadas las circunstancias es cierto que casarnos es lo más sensato.

Nico se dijo que claro que era lo más sensato y que por supuesto que se alegraba de que Sienna entendiera su propuesta desde un punto de vista práctico. Entonces ¿por qué tenía atragantada la palabra «sensato» mientras comían en un restaurante en la cima de la montaña?

–¿Has pensado cuándo quieres que celebremos la boda? –preguntó Sienna cuando acabó sus *tagliatelle* con un suspiro de satisfacción.

–Dentro de un mes, cuando lo hayamos organizado todo.

–Tiene sentido que sea un tiempo antes de que nazca el bebé.

–Así es, *cara* –masculló Nico.

–¿Estás bien? Apenas has comido –Sienna lo miró fijamente–. ¿Te están entrando dudas respecto al matrimonio? A mí me da lo mismo; y al bebé tampoco le importará que vivamos juntos o que estemos casados.

–Sí importa que nuestro hijo sea legítimo al nacer –dijo Nico con una aspereza de la que se arrepintió al ver que Sienna se mordía el labio.

No comprendía qué le estaba pasando, por qué ansiaba sacarla de aquella actitud distante y razonable.

–Iremos a Sethbury Hall a darles la noticia a Rose y a Iris. Me extraña que no le hayas contado a tu abuela que estás embarazada.

–Me daba vergüenza.

–¿Por qué? –a Nico le sorprendió la respuesta y se preguntó si se avergonzaba de estar esperando un hijo suyo.

–Es la segunda vez que me quedo embarazada accidentalmente –dijo Sienna a la defensiva–. Inevitablemente Rose iba a preguntarme quién era el padre, y mientras tú y yo no hemos estado en contacto, he preferido no decirle nada aprovechando que no se me notaba. Ahora sería más difícil –dijo Sienna, bajando la vista a su abultado vientre.

Nico la miró. El sol arrancaba destellos a su cabello y acentuaba todas sus tonalidades, del cobre al granate, en perfecto contraste con su piel de melocotón. Sus ojos grises enmarcados en largas pestañas, sus voluptuosos labios…

–Estás preciosa –masculló–. Adoro que se aprecie que nuestro hijo está creciendo dentro de ti.

Salieron del restaurante y Sienna lo miró especulativamente.

–Nunca te había oído usar la palabra «adorar» ¿Eso significa que vas a amar a tu hijo?

–Por supuesto –a Nico le desconcertó la pregunta–. ¿Crees que no tengo sentimientos?

Estaba seguro de que amaría a su hijo; que este necesitaría de sus cuidados y de su protección… y nunca lo abandonaría. Ese pensamiento brotó desde su subconsciente. Un bebé no era capaz de tomar una sobredosis, o de marcharse sin mirar a atrás. Exhaló lentamente, lamentando no poder adivinar qué estaba pensando Sienna.

–Me alegro, porque nuestro hijo merece recibir

amor incondicional –por la mirada de Sienna pasó una pregunta que Nico no pudo responder y que se transformó en dolor cuando él permaneció callado. Entones se separó de él y dijo–: Será mejor que empecemos a organizar la boda lo antes posible. Cuanto más sencilla la hagamos, mejor, ¿no crees?

Tras los cristales de Sethbury Hall llovía con fuerza, mientras que en el interior el fuego de la chimenea coloreaba la habitación de un resplandor dorado.

–El anillo de compromiso es espectacular –dijo Iris mirando detenidamente el zafiro de Sienna–. Nico me ha dicho que celebraréis la boda en Verona, en un juzgado civil y con solo algunos amigos más íntimos.

–Sí, hemos pensado que sería lo mejor –dijo Sienna dándose una palmada en el vientre, que parecía crecerle por minutos–. Con esta tripa parecería un barco de vela si me pusiera un vestido de novia.

–Eso no es verdad –dijo Nico con una sonrisa de picardía que aceleró la sangre de Sienna–. Estás preciosa te pongas lo que te pongas; y más aún si no te pones nada.

–¡Nico! –Sienna se ruborizó intensamente y evitó mirar a su abuela y a Iris.

Esta rio.

–El embarazo suele ser un periodo muy apasionado en una pareja –dijo animadamente–. Tienes un aspecto estupendo, Sienna. Estar embarazada te favorece –se volvió hacia su abuela–. ¿No crees, Rose?

–Creo que estar enamorados es lo que hace que tanto Nico como ella estén tan contentos.

Sienna bajó la mirada como si estudiara la sortija mientras percibía cómo se tensaba Nico. Habría querido decir algo para romper el tenso silencio, pero no podía contar la verdad a sus abuelas.

Afortunadamente, Iris cambió de tema.

–Domenico, ¿te importa echar un ojo a unos documentos que mi abogado quiere que firme? Los tengo en el despacho.

–Ahora mismo, antes de comer –dijo Nico bruscamente.

Sienna cruzó una mirada con él y no pudo entender por qué parecía contrariado. Desde que habían llegado a Sethbury Hall estaba de un humor extraño, y pensaba que quizá echaba de menos a Danny, con el que no había hablado desde el encuentro en el que su hermano le había confirmado que había mentido.

–Es hora de que olvides el pasado –le había dicho ella–. Tienes que perdonar a Danny.

–¿Cómo puedes decir eso? Sus mentiras nos separaron.

–No, nos separamos porque desconfiábamos el uno del otro –argumentó ella–. No podemos culpar a otros de nuestros propios errores.

Cuando Nico e Iris salieron de la habitación, Rose le dio una palmadita en la mano a Sienna.

–Estoy tan contenta de que Nico y tú os vayáis a casar por amor… Puedo verlo en vuestras miradas.

Sienna se mordió el labio.

–Abuela… –susurró, pero su abuela no la oyó.

–Cuando yo me casé con tu abuelo la situación era muy distinta –dijo Rose–. Estaba embarazada de tu padre y en aquellos tiempos no era concebible ser madre soltera. Mis padres asumieron que me casaría con Peter, y él cumplió con su responsabilidad –suspiró–. Yo estaba loca por él. Sabía que él no me amaba, pero confié en que se enamoraría de mí una vez nos casáramos.

–¿Y se enamoró?

El abuelo de Sienna había muerto cuando ella era pequeña y solo tenía un vago recuerdo de un hombre sombrío y malhumorado.

–No. Siempre se sintió atrapado. Durante mucho tiempo pensé que las cosas cambiarían, pero Peter empezó a beber y yo dejé de amarlo.

–¿Por qué no os separasteis si erais infelices?

–Amábamos a tu padre y decidimos seguir juntos por él. Pero nuestra mala relación afectó a Clive. Cuando creció, me trató con la misma falta de respeto que su padre, y al casarse con tu madre, se comportó con ella como su padre conmigo y empezó a beber en exceso.

Rose se secó una lágrima.

–Pasé gran parte de mi vida esperando un amor que nunca llegó. Pensé que estaba haciendo lo correcto para mi hijo al permanecer en un matrimonio sin amor, pero la verdad es que tu padre habría sido más feliz si nos hubiéramos separado.

Aunque hablaron de otros temas, Sienna no fue capaz de dejar de pensar en aquella conversación. Las similitudes con su caso le helaron la sangre. Como ella, su abuela había estado enamorada, pero su abuelo solo se había casado con ella porque estaba embarazada. A su padre le había perjudicado crecer con unos padres infelices; y a su vez, Clive había maltratado a su madre y a su esposa.

Miró a su abuela y vio que se había quedado adormilada. Iris volvió del despacho y dijo que Nico había ido un rato al gimnasio antes de la comida. El corazón de Sienna latía con fuerza cuando se dirigió hacia los establos reconvertido en gimnasio. Tenía que hablar con Nico y aclarar si su actitud en las últimas semanas significaba que sentía algo por ella.

Cuando entró, Nico estaba de espaldas a ella, golpeando el saco de boxeo. Llevaba unos shorts y el torso desnudo. Durante unos segundos, Sienna lo observó con admiración. Era tan hermoso como una escultura clásica. Y cada golpe era una prueba de su fortaleza física.

Había algo indomable en él, y Sienna supo en ese momento que nunca sería suyo. Aun mayor que su fuerza física era su fuerza mental. No había en él la más mínima vulnerabilidad; para él el amor era una debilidad.

Sienna ahogó un gemido al intentar contener su consternación, pero Nico lo oyó y se volvió bruscamente.

–*Cara* ¿qué te pasa? –preguntó preocupado al ver su expresión de dolor–. ¿Estás bien…? ¿El bebé…?

Sienna se mordió el labio. Por supuesto, a Nico le preocupaba el bebé. El niño que habían concebido era la única razón por la que le había puesto un anillo de compromiso en el dedo y por lo que estaba decidido a ponerle una alianza.

–Estoy muy bien –dijo, mintiendo para tranquilizarlo.

La cara de alivio de Nico hizo saltar por los aires el control que Sienna estaba ejerciendo sobre los sentimientos que se arremolinaban en su interior. Su alivio era solo por el niño. No sentía nada por ella.

–No puedo hacerlo, Nico –dijo con la voz quebrada–. No puedo casarme contigo.

–Habíamos acordado…. –empezó él.

Pero Sienna lo interrumpió.

–Solo he accedido a casarme contigo porque confiaba en que algún día llegaras a amarme. Pero cuando Rose ha dicho que se nos notaba enamorados, he visto que me mirabas despectivamente –su mirada le había atravesado el corazón.

Nico posó las manos en sus hombros y la sujetó con firmeza cuando ella intentó soltarse.

–¿Por qué estás obsesionada con el amor? –dijo con aspereza–. Lo que hemos tenido en Italia: amistad, confianza, afecto… ¿no te parece suficiente?

–No. Necesito más –Sienna sentía un dolor tan intenso en el pecho que no podía respirar. Y entonces se le cayó la venda de los ojos y supo que no podía seguir mintiéndose–. Quiero amar y ser amada. Y hoy me he dado cuenta de que no quiero conformarme con menos.

–El amor es un engaño –masculló Nico–. El amor destrozó a mi madre, y siempre me he jurado que no cometería los mismos errores que mis padres.

–Pero no te has cerrado al amor completamente. Has dicho que amarás a tu hijo. Y yo he visto el amor que sientes por tu abuela y por tu hermano –Sienna se sacudió sus manos de encima y lo miró fijamente, buscando alguna señal de ternura en sus ojos, pero no la encontró. Era puro granito–. Solo es a mí a quien no amas –dijo con un sollozo–. Si me niego a casarme contigo puede que niegue a nuestro hijo sus derechos de sucesión, pero será mejor a que crezca temiendo al amor, igual que su padre.

Capítulo 12

ÉL NO TENÍA miedo. Nico golpeó el saco con fuerza. ¿por qué las mujeres estaban empeñadas en vivir un cuento de hadas que solo existía en la ficción? Él había sido testigo de la capacidad destructiva del amor. ¿Quién quería vivir en una montaña rusa emocional? Por eso desde pequeño se había negado a subirse a ella, para estar seguro... Porque tenía miedo a enamorarse.

La verdad golpeó a Nico en el pecho con más fuerza que cualquiera de sus puñetazos. Había encerrado su corazón y se había deshecho de la llave cuando su madre había intentado quitarse la vida porque no quería vivirla sin Franco. Y ni siquiera había tenido en cuenta el impacto que su muerte tendría en sus hijos.

El amor era doloroso. Por siempre lo había evitado. Pero a pesar de todos sus esfuerzos por escapar de él, Sienna había vuelto a aparecer en su vida y le había hecho desear aquello que tanto temía porque se escapaba de su control.

Por su culpa había tenido que enfrentarse a lo que tan desesperadamente había intentado ignorar, pensó Nico mientras se quitaba los guantes con fiereza y salía del gimnasio. Había estado a punto de seguir a Sienna cuando se había ido, hacía cinco minutos, pero no había estado dispuesto a admitir que verla llorar le había roto el corazón.

«Dale tiempo para que se calme», se había dicho. Y cuando estuviera en un estado de ánimo más razonable le convencería de que les iría mejor sin ese aterrador sentimiento que para él era el amor.

Lloviznaba. Después de buscar sin éxito a Sienna en la planta de entrada, subió al dormitorio. Estaba vacío y en la mesilla vio el anillo de compromiso.

Apretó los puños y al percibir movimientos en el exterior, miró por la ventana y vio a Sienna cruzar la verja de Sethbury Hall. ¡Lo abandonaba una vez más!

Nico sintió la sangre fluir como un torrente en sus oídos al tiempo que, con la fuerza de un tsunami, lo asaltaban recuerdos que había bloqueado durante años, desde que había salido corriendo del dormitorio de su madre gritando «Mamá está muerta». ¿Cómo podía Sienna abandonarlo? Si lo amara de verdad, se quedaría a su lado. Si su madre lo hubiera amado, no habría tomado una sobredosis de pastillas.

Vio la figura de Sienna alejarse hasta perderse en la neblina.

–¡No me dejes! –rugió Nico. Pero el silencio que resonó en la habitación vacía no fue más que una cruel confirmación de su soledad.

Por eso evitaba el amor: sentir que se ahogaba, tragar y que la saliva le bajara por la garganta como esquirlas de cristal, el picor en los ojos... La mujer a la que amaba estaba huyendo de él una vez más, pero no la dejaría ir. No podía permitirlo porque si la perdía, estaría perdido.

Sienna trastabilló con los helechos de camino a las ruinas; las lágrimas la cegaban y la lluvia le empapaba el rostro y la ropa. Necesitaba alejarse. Huir de la agonía de amar a un hombre que nunca la correspondería. Amar era doloroso. Nico tenía razón al considerar al amor como una enfermedad contagiosa.

Se oyó respirar agitadamente y desaceleró por temor a dañar al bebé. El corazón le latía tan deprisa que podía oírlo.

–¡Sienna, espera!

Aquella voz solo podía provenir de una persona. Sienna giró la cabeza y vio a Nico. Debía de haber salido directamente del gimnasio porque llevaba solo unos shorts.

Al ver su semblante, se le contrajo el corazón. Había en él una mezcla de enfado y de otro sentimiento que Sienna no supo interpretar.

–Déjame en paz –gritó y siguió adelante, hacia la casa en ruinas en la que habían hecho el amor por primera vez.

Gritó cuando él le dio alcance y tomándola por los hombros le obligó a volverse.

–No soy yo el que huye –la espetó–. Siempre eres tú quien se va. Pero esta vez no voy a consentirlo.

–No puedes impedírmelo –Sienna ahogó una exclamación cuando Nico la tomó en brazos y atravesó la maleza para entrar en la casa en ruinas.

El interior estaba invadido por el musgo y el brezo, y Nico posó a Sienna en el suelo.

–¿Por qué no dejas que me vaya? –musitó ella, sintiéndose súbitamente exhausta.

–Porque te amo.

–¡No! –Sienna cerró los ojos para no ver su hermoso rostro aproximarse. Aun en aquel instante, anhelaba que la besara como solo él sabía hacerlo. Pero el sexo sin amor solo acabaría destrozándola–. No digas lo que no sientes. Al menos sé sincero, Nico.

–Sienna, mírame –dijo Nico en tono grave.... ¿y dolorido? Sienna abrió los ojos y tembló al ver la intensidad de las emociones que se reflejaban en los ojos de Nico–. ¿Por qué no me crees?

–Porque no crees en el amor. Lo que quieres es a tu hijo.

–Te quiero a ti. Te amo –Nico la miró fijamente para convencerla–. Danny se dio cuenta hace diez años de lo que yo no quería admitir: que estaba enamorado de ti. Él estaba celoso de mí y por eso utilizó mis sentimientos hacia ti para hacerme daño.

Retiró el cabello de la cara de Sienna con manos temblorosas, y con aquel gesto, Sienna se dio cuenta de que el torbellino de emociones que veía en sus ojos era genuino.

–Cuando me enfrenté a Dany, reconoció la responsabilidad que tenía en nuestra ruptura; y no sé si algún día podré perdonárselo.

Tragó saliva y continuó:

–Cuando rompimos, me dije que me alegraba. No

quería sentir algo tan profundo por nadie y durante ocho años he querido convencerme de que era invulnerable, que el amor era para los idiotas –esbozó una sonrisa de tristeza–. Pero en la boda de Danny, me volví y vi a la mujer más hermosa que he conocido; y todo lo que había creído sobre mí mismo hasta entonces se derrumbó. Sin embargo, quise creer que me bastaría con una aventura.

–Pero entonces me quedé embarazada... –dijo Sienna en tono bajo–. Y todo cambió.

Nico sacudió la cabeza.

–No, tesoro. Me enamoré de ti y sentí pánico.

–Nico... –ver que tenía los ojos húmedos de lágrimas derribó las defensas de Sienna. Apoyó las manos en su pecho y susurró–: Te amo. Siempre te he amado y siempre te amaré.

–Entonces ¿por qué me dejas? –fue un grito que brotó del pecho del niño de doce años que vivía dentro del adulto.

–Yo también tengo miedo –Sienna dijo con la garganta atenazada por la emoción–. Tengo miedo de que si pierdo al niño, te arrepientas de haberte casado conmigo.

–Cariño, no llores –dijo Nico con voz temblorosa–. Cuando te pedí matrimonio lo hice porque te quiero con todo mi corazón. Quiero pasar el resto de mi vida contigo.

Sienna pudo leer la verdad en sus ojos y en el beso, dulce y apasionado, cargado de ternura que le dio. Ella se abrazó a su cuello y profundizó el beso. Pronto su pasión se hizo incendiaria y sus ávidas manos pugnaron por desnudarse mutuamente. Nico posó la mano en el vientre de Sienna y musitó:

–Te amo –fue un juramento; una súplica para pedir su perdón–. No creo que pueda esperar, *cara mia.*

Pero fue paciente y elevó el cuerpo de Sienna al paraíso con sus manos y con su boca hasta que ella gimió:

–Ahora, Nico, por favor…

Entonces él la subió a sus caderas, la penetró lenta y profundamente, y se meció en su interior hasta que los dos estallaron al unísono en aquel lugar que ya en el pasado había sido testigo de su amor.

Un rato más tarde, volvieron de la mano a casa y se disculparon con Iris por no haber llegado a comer.

–Un paseo medio desnudos bajo la lluvia… –dijo Iris enarcando las cejas con sorna–. Puede que esté mayor, pero reconozco el amor cuando lo veo. Además, Sienna tiene restos de brezo en el cabello.

–¿Crees que tu abuela ha adivinado lo que estábamos haciendo? –preguntó Sienna a Nico cuando entraron en el dormitorio.

–Seguro que sí –dijo él, abrazándola y poniéndole de nuevo la sortija de compromiso en el dedo–. Mi abuela es muy astuta y seguro que incluso adivina lo que estoy a punto de hacer.

Sienna sonrió con el corazón henchido de amor por él.

–¿Y qué vas a hacer? –preguntó con picardía.

–Amarte el resto de mi vida, *mio amore.*

Epílogo

SIENNA se casó por segunda vez con Nico en una sencilla ceremonia en el ayuntamiento, a pocos kilómetros de villa Lionard. Y una mañana fría de invierno, su hijo llegó por sorpresa, antes de lo esperado.

El niño se adelantó cuatro semanas, pero fue un bebé saludable y fuerte, y Sienna lloró de alegría.

–No tengas nunca miedo, Alessandro –le susurró Nico mientras lo mecía en sus brazos–. Tu mamá y tu papá te cuidarán y protegerán y te enseñarán que el amor es un maravilloso don.

Miró a su esposa, que le había dado aquel hijo y mucho más.

–Te amo y amo a Alessandro –dijo con el corazón desbordando amor.

Dieciocho meses después…

Unas nubes algodonosas flotaban en el cielo azul sobre la iglesia de Much Matcham en un perfecto día de verano. En el interior, el sol atravesaba las cristaleras proyectando arco iris sobre el suelo de piedra.

En ambos extremos del pasillo central había unos ramos de rosas rosas y lirios blancos que perfumaban el aire.

Nico estaba en el porche de la iglesia, desde donde podía ver a los invitados, que esperaban el comienzo de la ceremonia religiosa. Las dos abuelas, Iris y Rose estaban sentadas cerca del altar, y a su lado tenían a Alessandro, al que atendía su niñera.

En el mismo banco estaban también Danny y su mujer, ostensiblemente embarazada.

–Tienes que reconciliarte con tu hermano –le había dicho Sienna a Nico a las semanas de nacer Alessandro–. La familia es importante, y sé que le echas de menos.

Aunque le había llevado tiempo, Nico había perdonado a Danny y los dos hermanos habían forjado una relación más madura. Danny había reconocido a Nico que siempre había sentido celos de él y este le había cedido generosamente la propiedad de Sethbury Hall. Allí se habían mudado Danny y su esposa, Victoria, quienes esperaban el nacimiento inminente de una hija, la prima de Alessandro. Luigi viviría para siempre en la memoria de sus padres.

La madre de Sienna y su novio habían acudido desde su residencia en España, y también Carley, su mejor amiga. Nico sonrió al darse cuenta de que una enorme pamela azul con plumas solo podía pertenecer a su madre. Pero aun así, Jaqueline nunca podría hacer sombra a la novia

Oyó llegar un coche y cuando vio bajar a Sienna se quedó boquiabierto. Llevaba un vestido de seda y encaje color marfil y un ramo de rosas. Sobre el cabello recogido en un elegante moño, lucía una centelleante tiara.

–Ya verás –le había dicho Sienna cuando decidieron celebrar la ceremonia religiosa para bendecir su unión civil e invitar a su familia y amigos–. Esta es la última vez que voy a ser novia y pienso vestirme en consonancia.

Nico esperó a que la mujer a la que amaba más que a nada en el mundo llegara hasta él y lo tomara del brazo.

–Estás preciosa –susurró mientras caminaban hacia el altar.

Y allí, ante sus amigos y familia, ante sus conmovidas abuelas y su vivaracho hijo, Nico besó la mano de su esposa, en la que llevaba la alianza junto a la sortija de compromiso. Ella lo miró con una expresión de profundo amor y susurró:

–Te amo.

–Y yo a ti, tesoro. Ahora y siempre.